A Mulher Incrível

A Mulher
Incrível
ALEXANDRE PETILLO
BelasLetras

Editor
Gustavo Guertler

Coordenação editorial
Fernanda Fedrizzi

Revisão
Mônica Ballejo Canto e Germano Weirich

Capa
Pedro Guerra

Projeto gráfico
Celso Orlandin Jr.

Dados Internacionais de Catalogação na Fonte (CIP)
Biblioteca Pública Municipal Dr. Demetrio Niederauer
Caxias do Sul, RS

P487 Petillo, Alexandre
A mulher incrível. Alexandre Petillo.
Caxias do Sul, RS: Belas-Letras, 2016.
128 p., 21cm.

ISBN: 978-85-8174-233-5

1. Crônicas brasileiras. I. Título

15/87 CDU 869.0(81)-92

Catalogação elaborada por
Cássio Felipe Immig, CRB-10/1852

Grafia atualizada segundo o Acordo Ortográfico da Língua Portuguesa de 1990, que entrou em vigor no Brasil em 2009.

IMPRESSO NO BRASIL

Rua Coronel Camisão, 167
Cep: 95020-420 – Caxias do Sul – RS
Fone: (54) 3025.3888 – www.belasletras.com.br

"Você vai encontrar uma mulher incrível. E vai perdê-la."

Sumá rio

Você vai encontrar uma mulher incrível.

E vai perdê-la

EXISTEM ALGUNS TIPOS DE MULHERES QUE VOCÊ VAI ENCONTRAR NA VIDA. TEM AQUELAS QUE TE FAZEM ENLOUQUECER POR UMA NOITE. TEM AQUELAS QUE VÃO CHEGAR E VÃO TE FAZER ESQUECER TODAS AS OUTRAS. TEM TAMBÉM AQUELAS QUE VOCÊ ACREDITA QUE QUER PASSAR A VIDA TODA AO LADO DELAS. E, AINDA, AQUELAS QUE VOCÊ REALMENTE VAI TER CERTEZA QUE VAI PASSAR A VIDA TODA LADO A LADO. E TEM AS MULHERES INCRÍVEIS.

As mulheres incríveis não são como as que você sempre sonhou. Elas são bem mais. Geralmente elas chegam no momento em que você, por alguma razão, não vai conseguir segurar a bronca. Você vai perdê-la. E, pior, o que vai ficar na lembrança não será a razão de tudo acabar, mas sim os bons momentos. No caso dela, os momentos incríveis. E lembrar esses momentos é bem mais doloroso, acredite.

Lembro cada segundo que vivi ao lado da minha mulher incrível. A gente naquele pub, ela de blusa azul, os cabelos loiros, os olhos hipnotizantes, vindo me abraçar, o beijo mais intenso da vida. O riso solto, aquela boca toda aberta, gostosa. O apetite quase-macho para cerveja e cachaça. A dançadinha sexy ao som do rock naquele pub, alta noite, cabelos de lado. E ela ainda sabe tudo de futebol, rock and roll. Os momentos em que ela deixava de ser a mulher-fatal-incrível pra ser só uma menina que quer um ombro – ali, o meu. E você realmente acredita que o mundo é bacana.

Ela quase ter sido sua é muito pior do que ela nunca ter sido. Você não sabe o que é. O que é ter do seu lado tudo aquilo que sempre desejou que Deus fizesse daquela parte da sua costela. Loira, sarcástica, cheia de frases, definições e comportamentos. Atrevidos, apaixonantemente tímidos, quando lhe convém. Impõe sua presença. Conhece as regras tanto de um jantar cinco estrelas como de uma trepada num pulgueiro qualquer, alta madrugada. Ela é um tratado. Ela é rock and roll. Ela é uma Zelda Fitzgerald moderna. Por ela até eu, coração alvinegro, fiquei com mais simpatia pelo Palmeiras. Como disse, ela é mais, mais até do que a rivalidade clubística. E ela quase foi minha.

Quando a vida aperta, são esses momentos com a minha mulher incrível que eu lembro. Dói, mas, ei, é por isso que a gente está nessa vida. Se em algum momento você tem alguma dúvida se a vida vale, são momentos como esses que atestam que sim. Sua esperança é que eles em algum ponto futuro se repitam. A vida vale.

Lembrou alguma coisa, caro leitor? Você já passou por uma mulher assim? Ela está aí, enquanto você lê esse arrazoado de qualidade duvidosa, circulando só de calcinha e camiseta da Patti Smith? Aproveite, guarde esse momento. Cedo ou tarde ela vai embora e a culpa vai ser sua. Mas como ela é incrível, vai viver sem mágoas, ser sua amiga, vai te chamar para tomar cerveja, bater papo, você vai nutrir a esperança de um novo encontro pelos anos seguintes. Até ela te dar um fora, como a minha fez, altamente educada e sutil, dizendo coisas como "tive que ir embora, mas te considero muito". "Te considero muito," da sua boca, é bem pior do que o "gosto de você como amigo" daquela paixão adolescente.

E dessas paixões, como diz o amigo Xico Sá, só vão ficar as memórias e o gosto da vodca que te ajudou a afogar as mágoas. Como o mestre ensinou, o segredo é tocar adiante, porque "não há guarda-chuvas para o amor. Não há barcos, salva-vidas, só perdição e enchentes. Não à toa os sofás boiam nos aguaceiros. Sofás dormidos por homens que erraram, homens que já partiram". Quando se perde uma mulher incrível, não é só uma derrota, é uma vida. É o Tolima do coração. Ela vai arrancar suas vísceras afetivas e mesmo assim você não vai deixar de sonhar com ela. As minhas vísceras ela arrancou via telefone, na chamada mais dolorosa que já ouvi, fiquei um bom tempo sentado na calçada, telefone desligado, amaldiçoando a sorte e Graham Bell.

Mas vale. Encare. Sofra. Bote pra fora. De uma forma bem melhor do que eu com essas mal traçadas. Depois me conte. Depois dela, seu coração estará calibrado para tudo. Ou quase. Se ela reaparece, você casa.

I'm your man

FOI ASSIM, POR UM INSTANTE. EU OLHAVA FUNDO NOS OLHINHOS DELA E PENSAVA: "O QUE EU POSSO FAZER PRA COLOCAR DENTRO DA CABEÇA DESSA MULHER O QUANTO EU A AMO?".

Eu sabia que tudo estava ali, no instante, no momento, no clima, no tempo, nas palavras, no tato, no olfato, nas risadas, nos abraços, nos puxões, nos pelos arrepiados. Tudo que estava ali já dizia: vocês são amores imortais.

Ela queria só sentir, eu queria dizer. Justo eu, que sou calado.

Queria te dizer que se você precisar de um amor, eu sou o seu homem. Se quiser só um amante, eu faço tudo que você me pedir. Se você quiser outro tipo de amor, eu coloco uma máscara, me disfarço, me transformo em quem e no quê você quiser.

Se precisar só de um parceiro, dc um companheiro, pode segurar na minha mão. Se quiser encher alguém de porrada até derrubar no chão: eu sou seu homem.

O que você quiser, eu quero. Eu assino um cheque em branco, um contrato sem ler as letras menores, um atestado, uma certidão, um depoimento. O meu testamento: serei sempre seu.

O que você quiser, eu quero.

Se precisar de um pugilista, eu pego o Anderson Silva num ringue só pra você. Se quiser um médico, examino cada centímetro seu. Se quiser um motorista, entra aí. Se você quer me dar uma carona, pode ser a hora que for: eu sou o seu homem.

Se precisar de um pai para o seu filho, eu sou seu homem. Se precisar que eu tome chuva por você, vou do Rio a São Paulo de joelhos no temporal. Se precisar trabalhar, eu fico invisível. Dirijo seu carro quando estiver cansada na estrada. Levo sua bolsa, a sua bagagem, seus acertos e pecados. São todos meus.

Se quiser ouvir música, eu compro um violão. E vou cantar a sua beleza. Se você quiser, eu choro. Se quiser rir, eu escrevo um show de *stand up*. Se quiser dormir, eu durmo. Se quiser varar a madrugada, vamos ver o sol nascer. Se você quiser, eu quero. Mas de você, só quero que saiba uma coisa.

Eu sou seu homem.

Texto livremente inspirado no bardo Leonard Cohen em *I'm your man*.

Ela,
o verbo

NO PRINCÍPIO, ELA ERA O VERBO.

O que era aquela menina elegante, segurando com propriedade aquele copo de cerveja, rindo das melhores piadas, despejando frases interessantes, cheia de humor, possibilidades, interesses? Parecia saída daqueles filmes franceses, onde uma mulher impossível aparece nos momentos mais surpreendentes e você suspira, olho na tela, coração acelerado, amaldiçoando os roteiristas que criam cenas que só existem em suas cabeças. Ela, em verbo, me deu pistas de onde esses escritores tiram sua inspiração.

Imediatamente quis saber tudo sobre ela. O que ela gosta, que música ouve quando toma banho. O que a tira do sério, o que desequilibra seu mundo calcado na racionalidade dos números e cálculos que a fez ganhar o pão com sete grãos de cada dia no mundo da engenharia. Ela seria capaz de perder a cabeça?

Aí veio a carne.

Imaginei descobrir suas nuances numa dessas noites de cinema italiano. Enfurnados em um quarto, tomando todas as cervejas do mundo, entornando algumas doses do bourbon copo afora, condenando o mau gosto alheio, reescrevendo teorias, sondando o insondável em nossas vidas. Descobrindo que tipo de calcinha uma mulher como ela usaria. Debaixo daquela sobriedade e racionalidade toda, reside uma renda provocante? Ou uma comum peça de algodão, excitante justamente pela simplicidade? Queria mergulhar em cada centímetro daquele corpo, ver microscopicamente pelos se eriçando, sentir a onda se formando, empurrando o bom senso, as expectativas, explicações, conceitos, para o alto-mar do inconsciente. Queria vê-la inconsciente, sem ar, entregue.

Pausa para mais cerveja, risos, histórias. O que partiu seu coração. O que partiu meu coração. Onde estaremos daqui a cinco anos? Onde estaremos daqui a cinco meses? Bourbon, e ela reclama da fumaça dos meus cigarros. Defende o prazer de uma boa corrida diária e acho linda. Caminha pelo quarto, calcinha de renda ou simples de algodão, e uma camiseta minha. Ri de minhas piadas por educação, folheia alguns livros, sugere uma sequência de músicas. Amarra os cabelos lisos num rabo de cavalo. Entrega-se.

Dedilho e me perco nos fios grudados no suor de suas costas. Recuperamo-nos grudados, sem dizer nada, olhando para o teto, tela de cinema. Vejo-nos em branco e preto, com as ruas de Trastevere ou da Recoleta nos esperando em vão. Dali, ver a poesia da paisagem madrugada adentro somente pela janela. Ali criaríamos nosso mundo, sem números, letras, definições, convenções sociais, perguntas sem respostas. Só teríamos as nossas certezas, baseadas nas teorias que reescrevemos. Ela levanta, enche o copo de cerveja, dá um gole farto e se perde em pensamentos ao longe. E eu a acho linda.

AÍ VEIO A REALIDADE.

NUNCA MAIS A VI.

Capturando raios

ELA ACENDEU UM BASEADO, LEVANTOU, BATEU A AREIA NA SAIA JEANS E TIROU A CALCINHA. SENTOU. FALOU ENTRE O DETERMINADO E O SEXY:

— ME CHUPA.

E deitou sobre a toalha que usavam como canga. Ele obedeceu. Ela aproveitava todos os prazeres acumulados com os olhos fechados, a cabeça caída para trás. A luz da lua parecia rebater em seus cabelos. O som do mar, calmo, fazia um delicioso contraste com a eletricidade entre os dois. Ele levantava os olhos e de relance admirava sua boca, seu sorriso apertado, sua expressão lânguida. Gemidos querendo sair, contidos, em respeito ao silêncio da praia. Arrepios. Paz.

– Esse foi um dos momentos que não vou esquecer – diz ela.

– Torço pra isso – ele, esperançoso.

– Eu estou falando sério. Não é só aquele negócio "ah, foi legal, nunca vou esquecer isso, obrigada". Esse momento eu não quero esquecer, porque não sei o que me levou a fazer isso, mas fiz, era o que eu queria sentir. Sabe aqueles momentos em que as coisas acontecem do nada?

– Sou sempre a favor de momentos que acontecem do nada.

– Eu estou falando sério, de verdade, para de piada. Assim que eu sentei, do nada, eu pensei: "Quero aproveitar e lembrar de cada segundo do que vai acontecer agora".

– Você está muito louca.

– É verdade. Tem um monte de coisa que acontece nas nossas vidas que são espetaculares e a gente percebe que não aproveitou intensamente aquele momento. Curte depois e tal, mas fica um pedacinho faltando, ter mergulhado com tudo. Mas é a culpa dessas coisas que acontecem do nada.

– É a beleza das coisas que acontecem do nada. Te pegam de surpresa, nem dá tempo de pensar.

– Eu fiz diferente. Veio do nada e numa fração de segundo me preparei para aproveitar cada segundo desse momento do nada. Foi doido. Eu capturei um raio, um trovão. Já pensou se a gente sempre conseguisse fazer isso?

– Poderíamos correr o risco de reavaliar o momento do nada no futuro e chegarmos à conclusão de que não foram tão do caralho como eram nas nossas lembranças. Poderia não ter sido do caralho agora. Poderia chegar alguém. A maré poderia ter subido. Eu poderia não ter feito o trabalho direito.

– Quer confete, né? Vai ficar querendo.

– Era a ideia. Eu tentei...

– Esse é um momento pra gente curtir. Sem confetes. Vamos ficar aproveitando o pós-momento do caralho que aconteceu do nada e eu capturei o raio – diz ela num sorriso, deitando na areia.

– Eu adoro suas teorias. Eu adoro você – diz ele, enquanto dedilha os cabelos dela, negros. Ele olha baixo, entre os eflúvios da marofa e a paixão. Apaixona-se por aquela beleza sob a lua. Pela pele branquinha. Pelas pintinhas no rosto. Pelo sorriso. Ela é pequena. Ele quer pegá-la nos braços e capturar todos os raios futuros.

– Sem confetes... Já falei.

– Não consigo. Adoro seu cheiro.

– E como é meu cheiro?

– Não dá para explicar em palavras. Mas ele mexe comigo. Fico em paz quando sinto seu cheiro. É um raio incapturável. Você não consegue sentir nada de diferente, você já se acostumou. Eu sinto intensamente. É seu, mas é meu. É o seu meu cheiro que me deixa em paz.

– Eu que estou muito louca, né? Não tenho certeza que exista a palavra "incapturável".

– Você é capaz de fazer poetas inventarem palavras.

– Incrível como você passeia entre o Odair José e o Chico Buarque na qualidade das suas cantadas.

– Elas vêm assim. Do nada.

– Mas não são do caralho, acredite.

– Você caiu.

– Um deslize louco que me acometeu. Veio assim. Do nada. O que será que eu vi em você?

– Apesar de me desmerecer, seu senso de humor é uma das coisas que mais gosto em você. Além do meu charme, a gente tem muito a ver. Você não pode negar isso. E era o destino. O destino quer a gente junto. Já pensou no monte de voltas que o destino teve que dar para nos unir? Tem uma razão.

– O destino até te fez ter um caso com a minha melhor amiga para nos unir. Engraçadinho esse destino...

– Não questione. Deu certo. O destino interfere na vida das pessoas. O destino nos uniu e pode nos manter unidos. Ou então nunca nos unir de verdade.

– Ainda acho que o destino agiu estranhamente no nosso caso.

– Faz parte da beleza da coisa. É inexplicável, imprevisível e totalmente fora de controle ou entendimento.

– Tem alguma prova disso tudo?

– Nenhuma.

– Sabe que é tudo absurdo e irracional?

– Sei.

– Então por que acredita?

– Porque sim. Era a única maneira de a gente acreditar que poderia dar certo. A gente veio pra cá impulsionado pela crença do que o destino reservou pra gente aqui. Nós somos pessoas que acreditamos em destino, sinais, energias, essas coisas. Vimos "Sessão da Tarde" demais quando crianças.

– Tive uma ideia louca que veio agora do nada.

– Sua vez de chupar agora.

– Hein?

– Nada. Qual é a sua ideia?

– Desencanar da vida e ficar aqui nessa ilha, nessa vila, nessa praia deserta. Sem luz, sem banho quente, sem celular, internet, Facebook, trânsito, chatices. Vamos viver de sol, mar, cerveja, baseado e amor. Topa?

– A gente não aguentaria três dias.

– Cadê o poeta Odair José, crédulo do destino? Vamos ficando e a gente descobre o que o destino reserva pra gente disso. Topa?

– A gente não aguentaria três dias.

– Vai. Vamos deixar o destino resolver se a gente aguenta ou não. Você me fala esse papo todo, quer que eu acredite, mas não mostra toda essa crença no abstrato na prática. Diz que sim. Por mim. Só quero saber se você tem coragem mesmo de largar tudo por mim e deixar o destino tomar as rédeas pra ver onde vai dar. Tem coragem?

– Tenho.

– Então tá. Vamos ficar aqui – sentencia ela, acendendo outro baseado.

A lua, testemunha, foi se despedindo. Eles ficaram. Na praia, no sol, com mar, cerveja, baseados, amor, capturando raios.

Por quatro dias.

O olhar cheio de palavras

Tem um poema do Drummond chamado *O Lutador*. Belo, como praticamente tudo o que ele escreveu. Mas pra mim essas palavras do poeta vão além, elas sempre funcionaram quase que como uma oração. Nos dias fechados, sem previsão de abrir o sol da criatividade, cigarro aceso, de joelhos, rezo:

Lutar com palavras / é a luta mais vã / Entanto lutamos / mal rompe a manhã / São muitas, eu pouco / Algumas, tão fortes / como o javali / Não me julgo louco / Se o fosse, teria poder de encantá-las / Mas lúcido e frio / apareço e tento apanhar algumas para meu sustento / num dia de vida.

Assim falou Drummond. Amém.

Mas em alguns dias, nem a mais forte oração te salva. Eu preciso entregar esse texto, estou atrasado, o Filipe, a Renata e o Hélcio querem me matar. E é aí que você, que tira o sustento das palavras, coloca nas mãos do sobrenatural. E o sobrenatural age de maneiras misteriosas. Pode demorar, ou não. Pode aparecer numa música nova, ou velha favorita. Em um programa de TV ruim, ou num filme do Woody Allen. Numa notícia de jornal, ou num livro do João Ubaldo. Ou pode vir em algo maior. Mais surpreendente. Arrebatador e mais belo do que qualquer cena que você pode escrever no seu dia mais inspirado. Em um olhar.

Ele veio. Quando forças muito poderosas se manifestaram, a materialização de uma orquestra divina apareceu em um olhar. Naquele olhar. E aquele frio na barriga voltou. Aquela vontade de sentar e colocar pra fora sentimentos numa folha em branco voltou. E, melhor: aquele fogo de não saber o que escrever.

Traduzir em palavras aquele olhar é tarefa para grandes caras, mais íntimos das palavras do que eu, gente como Vinicius, Dylan, Drummond. Eu fico caçando adjetivos, enroscando-me em clichês, tropeçando em metáforas, errando as crases, tudo numa luta vã, caro Drummond, para dizer como aquele olhar mexeu comigo. Como em um olhar ela me fez sentir de novo o sangue correndo pelo corpo, o coração batendo.

Ela é aquele tipo de mulher que pobres mortais como nós só podem sonhar. E ainda tem os olhos. Mas os olhos, todo o resto, devem ser temas de teses e elogios desde que ela veio ao mundo. Essa mulher faz qualquer um querer erradicar a fome do mundo, pisar em novos planetas, escrever livros, compor sinfonias, tudo, todo o trabalho só para arrancar um sorriso dela. Eu me prendi no olhar. Quis bisbilhotar pelas janelas da sua alma.

Quis descobrir que música ela ouve quando está triste ou feliz. Se é mais Chico ou Caetano, Stones ou Muddy Waters. Se come pipoca na cama. Qual seu vinho favorito. O que a faz sentir um arrepio pelo corpo. Ouvir sua voz. Conhecer sua família, ouvir suas histórias. Ver o sol nascer por trás do vermelho de seus cabelos. Seu sorvete favorito, vê-la dançando como se não houvesse amanhã. O que ela gosta no almoço, no café, no sexo. Será que ela deixaria passar minhas mãos pelas suas costas, nuas, enquanto dorme?

Aquele olhar me trouxe paz, me instigou. Acalmou-me, deixou-me inquieto. Veio com a segurança da inspiração, veio com a angústia dos sonhos distantes. Veio com a certeza de desejos intensos, veio com a incerteza do próximo passo. Veio como um bálsamo, veio como um desespero. Veio com a vontade de suspiros, risadas, respiros abafados, descargas elétricas.

AQUELE OLHAR ME SALVOU. RESGATOU MINHA VONTADE DE LIDAR COM AS PALAVRAS. TROUXE VIDA, MINHA VIDA, O QUE ME MOVE, O QUE ME FAZ ACORDAR DE MANHÃ.

Ela tem poderes, ela tem magia. Razões suficientes para agradecer, de joelhos, na Penha. Na mão direita, um poema do Drummond. Na esquerda, uma fita do Senhor do Bonfim. No coração, meu coração, imensa cidade, toda dela.

Dias de janeiro

Eram tantos rostos conhecidos em volta daquela mesa. Dias de janeiro, calor demais, vários papos e ideias. Vamos pedir uma cerveja diferente? O que acharam de *Relatos selvagens*? Vamos sair daqui e ir direto para a praia, foda-se tudo? Passa a caipirinha.

Vários rostos conhecidos em volta daquela mesa, ideias e papos, aspirações e inspirações, promessas de Ano-Novo e de sonhos que morreram antes mesmo da chegada da conta. Vários rostos conhecidos e o dela. No meio de um casal, em um vestido estampado, separava aqueles amantes pelo instante do jantar e acelerava o meu coração.

Ela precisava ir ao banheiro, cerveja, dias de janeiro, calor demais. Tinha que dar a volta naquela mesa de rostos conhecidos para se desvencilhar dos papos e ideias e seguir com sua missão de alívio necessário. Encostou suas costas no meu nariz. Costas nuas. Aquele vestido todo aberto nas costas, aquele cheiro, sabe?, aquele cheiro de, de... de... de, "ei, eu me sinto bem aqui, posso ficar aqui, me aconchegar e me lambuzar?". Cheiro de "está tudo bem". Cheiro de lar. Cheiro de tesão. Dias de janeiro, calor demais.

Naquela mesa entre vários rostos conhecidos, meus olhos pararam nos olhos dela. Olhos de menina. Vestido aberto, costas nuas, estampas e um leve tecido sobre aquele corpo de mulher. Olhos dela nos meus, entre inspirações e sugestões, agora, entre nossos olhares, um pouco de sugestão. Vamos para sua casa? Que tal a gente fumar um e falar de tudo e nada? Quer mais uma cerveja? Não, obrigado, já estou de saída. Por que, onde vocês vão? Vamos?

Dentro do carro, nenhuma palavra. As luzes de São Paulo, lindas, quentes, ficando para trás, curtíamos aquela calmaria a caminho do furacão que desejávamos, Jackie Wilson pisava no acelerador da libido, no som, colocando veludo em *your love, liftin' me higher, than I've ever been lifted before, so keep it up, quench my desire, and I'll be at your side forever more.* Olhos dela, de menina, meus olhos, ansiosos, nós dois de rabo de olho. Ela mexe na perna, o vestido sobe. Meu sorriso, o sorriso dela. Mãos se tocam, sem querer, a descarga é elétrica. As luzes ficaram para trás, chegamos.

Não aguentei dois passos dentro do seu apartamento, ignorei a vista encantadora e a segurei pela cintura. Encostei meu nariz na sua nuca e dei uma longa respirada, enchi meus pulmões dela. Junto com seu cheiro, seus pelos foram se arrepiando no embalo. Apertei-a mais, senti o recado do tesão que havia em seus seios. Esqueci da sede, matando-a na saliva. Esqueci da fumaça, entorpecendo-me em cada pedaço daquele corpo, vestido no chão. Esqueci que existe um planeta, com pessoas morando nele, decorando seus detalhes na ponta da língua. Suspiros, gemidos, risadas, suor. Noite.

Dia. Ela levanta, coloca uma camiseta solta, veste uma calcinha confortável. Faz um carinho na minha cabeça, passa a língua na minha boca, sorri, sorriso de menina, construindo uma covinha fatal no canto da boca. Coloca os cabelos negros atrás de uma das orelhas, pega o gato no colo e desaparece no horizonte do corredor.

E meu coração se deixou levar, torcendo para que a conta nunca chegue e aquele sonho acabe. Calor demais.

Sempre teremos a eternidade

ELA ME DEU UM BEIJO E CORREU.

Na chuva, clichê. Mas aquela imagem nunca vai sair da minha cabeça. Os pés flutuavam. Eu voava pelas tabelas. Foi mágico encontrá-la ali. Foi surpreendente ela ter falado comigo, ali. Foi de dar frio na barriga segurá-la quando, no meio da música, ela se jogava em meus braços.

Era uma noite de poesia e música. Ela, arrebatadora num vestido cinza. Cabelos arrumados num coque: elegante. Ombros de fora, mesmo com chuva: sexy. É um filme eternamente se repetindo na minha programação, aquela noite, o sorriso, a pele. Os pingos no rosto dela. Da chuva, clichê.

Quase não nos falamos. Mas dançamos, olhamo-nos. Quase não nos falamos, quase não nos beijamos – estávamos interessados numa conexão maior do que uma mera ficada. Mas nos olhamos, conhecemo-nos através das janelas da alma, da mão na mão. Ela foi, eu fiquei. Na chuva, clichê. Tocava uma marchinha de São Luiz.

AQUELA NOITE FOI MÁGICA. NUNCA MAIS SE REPETIU. ELA CAMINHOU SOBRE O AR, EU SEGUI COM O CORAÇÃO NA PONTA DA CHUTEIRA. VEIO A VIDA E DECRETOU QUE NOITES MÁGICAS NÃO SÃO PARA EVERYDAY USE.

E elas recebem essa coroa divina justamente por serem raras. Cotovelo dolorido no balcão do bar, amaldiçoei várias madrugadas essa regra idiota da vida. Queria aquela mulher de volta, todas as noites, todas as manhãs.

Algumas doses depois, os poderes eflúvios me consolaram.

Vivemos numa agonia de tentar eternizar cada momento tirando milhares de fotos dos mesmos pedaços de pizza que comemos, de cada respiro diário, do, ainda bem, recorrente pôr do sol, a tal ponto que perdemos a capacidade de nos satisfazer com momentos rápidos que acontecem uma única vez e só ficarão em nossas lembranças. "Share", só com o garçom que traz a pinga. Vivemos numa batalha pelo "amor da vida toda", pela tal "felicidade eterna", que queremos roubar do outro e esconder do mundo. Deixamos de lado que o amor pode acontecer por apenas um minuto, uma noite. Debaixo da chuva, clichê.

Vivemos numa época em que a derrota é imperdoável, que a tentativa no escuro é evitada, descartada ante o primeiro obstáculo. Tornamo-nos cada vez mais "operacionais" no trabalho, no coração, na alma. Conheço uma garota que aprova quem entra na sua vida com sua *coach*, seja lá o que isso for. Viramos sujeitos sem imaginação.

Nossa história nunca ter começado foi, de certa forma, uma bênção. Poderíamos não nos dar bem. Poderia não haver química no sexo. Ela poderia ter o pé gelado. Eu ronco. Poderíamos ter sido atropelados pela avalanche de sensações do cotidiano prosaico. Não tivemos que encarar tristezas, desilusões, ataques de ciúmes idiotas, ficar noites sem dormir, aguentar o outro de mau humor, gritar, pedir perdão, perdoar, ceder, cobrar. A noite mágica poderia ter sido uma lembrança opaca em nossas mentes, quando anos no futuro usarmos como regra de convivência evitar conversar um com o outro. Mas, não. Sempre terei a poesia dos pingos de chuva no seu rosto, nos seus ombros. Sempre teremos a dança e a marchinha de São Luiz a nosso favor. Ela sempre terá as minhas palavras mais bonitas.

Nossa história nunca ter começado, sim, abortou possíveis outros futuros momentos muito felizes. Mas evitou também o maior vilão das memórias mágicas: se nossa história nunca começou, ela também nunca terminou. Não passamos pelo sempre doloroso, acusatório e sacal momento de dizer tchau. Sempre teremos a eternidade. Sempre teremos a magia. Como a chuva no rosto dela. Clichê.

p.

ERA TARDE DA NOITE QUANDO A VI.

Naturalmente sensual, sob as luzes de uma pista de dança. Logo mais estaria, pena que só em foto, com amigas, dia claro, decote, saia e o sorriso-poesia. Não sei se era culpa das doses de bourbon (era), ou do THC (também), mas o sangue ferveu.

Quis lhe escrever sobre o sangue quente. Mas lembrei que sou péssimo em colocar no papel momentos de risadas (optei por achar o "rs" menos pior, recuso-me a adotar o "kkkk" moderno) e cenas tórridas. Mas o sangue continuava fervendo, cabeça, tronco e membros em ebulição.

Quase atravessei trezentos quilômetros com a mesma facilidade com que vou comprar cigarro na padaria da esquina. Eu precisava ver aquela mulher, ouvir sua voz, sentir seu cheiro. Estar por perto. Ela, ella, do jeito que ela quiser, me faz viver a distância, ela sempre me tira o ar.

Ela sempre deixa as cores mais quentes. Cores nos olhos, na blusa, nos lábios, no sotaque, nas piadas, nas histórias que ela conta. Ela mal apareceu e roubou todas as cores das outras mulheres que passaram por mim pela vida. Todas as cores que me importaram, ali e dali por diante, vinham dela. Virão mais?

Lembrei da primeira vez que a vi – de duas –, noite carioca, ela ensolarada, costas nuas, eu, sangue quente. Já vi várias coisas belas de perto. Vi uma tela do Van Gogh, num museu de Madri, que me deixou hipnotizado, em pé, nariz na tela, por algumas horas. Fiquei sem ar diante de Van Gogh. Fiquei suspenso no tempo diante dela, naquele café no Jardim Botânico. Aqueles olhos, aquela boca, aquele sorriso. Quanto mais passa o tempo, essa lembrança vem acompanhada de uma luz danada de bonita, uma mulher danada de bonita, uma força da natureza. Prestava atenção em cada sílaba que saía daquela boca, ao mesmo tempo que admirava aquela cena. Cada curva, cada fio de cabelo que ela, Deus, que charme, arrumava atrás das orelhas. Naquele momento, sei lá, agradeci a todas as mulheres que não me amaram, os foras que levei, os chefes que não quiseram me contratar, o pneu do carro que não furou no caminho, o dinheiro da gasolina. Agradeci a tudo que conspirou para que o mundo desse voltas o suficiente para eu poder estar ali de frente para aquela poesia viva.

Queria beijar aquela boca. Num beijo delicado, mas intenso, como ela é. Línguas se encontrando como velhas conhecidas, o seu cheiro inebriando poros, narinas, aquele toque. Queria esquecer as pessoas do bar, os passantes que voltavam ou iam para o trabalho. Queria lhe causar arrepios. Queria sentir seu cheiro todo. Voltei à foto. Queria roubar aquela mulher da pista de dança. Queria roubar aquela mulher de suas amigas, logo de manhã. Queria tirar sua blusa solta, sua saia colorida e beijar cada pedaço do seu corpo, sentir seu gosto, lambuzar-me lentamente nela, fazê-la sentir as ondas de calor mais profundas, pôr em prática seus sonhos mais intensos. O sangue esquentou cada vez mais, a cabeça parecia explodir.

Queria tudo. Queria lhe fazer sentir a mesma vontade. Quero, aliás, é mais bem colocado. Ainda quero, ainda desejo. Mas, quando falo dela, ela, ella, do jeito que ela quiser, não consigo pensar em nada além de amor. Nossas loucuras noite adentro, beijo, bocas, blusa, pele, inundam minha mente, mas continuo sem saber colocá-las com clareza no papel. Talvez elas sejam somente para nós, algum dia, eu quero.

QUERO MAIS. QUERO VIVER. QUERO AS MANHÃS, ELA FUMANDO UM CIGARRO NO MEU OMBRO. QUERO O QUE ELA QUISER ME DAR.

Minha maior loucura de amor.

Não recomendo

Era final de 2010 e Paul McCartney encerrava seu segundo show em São Paulo com a clássica *The End*. Essa é a tal última canção do último disco dos Beatles que se encerra com *the love you take is equal to the love you make* – frase que muitos hoje em dia usam em seus perfis em redes sociais sem fazer ideia do que se trata. Você já deve ter lido em algum. Nas duas horas anteriores em que Macca esteve no palco, eu já tinha me debulhado em lágrimas sem parar um segundo sequer. Beatles é a banda da minha vida. Nunca tinha visto um show de algum beatle, aquele era um momento emocionante demais. Para completar, eu tinha acabado de levar um pé na bunda da mulher que eu acreditava ser o amor da minha vida. Não deu para segurar. O metro quadrado em que eu estava em pé no estádio do Morumbi parecia a marginal Tietê quando chove.

ENTRE SAIR DO SHOW LOTADO, PEGAR O CARRO, DEIXAR EM CASA OU EM UM PONTO PRÓXIMO OS AMIGOS QUE ESTAVAM DE CARONA E SEGUIR PARA MINHA CIDADE, ENTREI EM CASA POR VOLTA DAS QUATRO DA MANHÃ. SENTEI NO SOFÁ. ACENDI UMA PONTA. INEBRIADO PELO SHOW DO PAUL OU PELOS EFLÚVIOS MALÉFICOS DA MAROFA, MORRENDO DE SAUDADE DAQUELA DANADA, ACHEI QUE TINHA QUE FAZER ALGUMA COISA DEFINITIVA.

Não conseguia parar de pensar nela. Ela era esperta, inteligente, sexy, cheia de ideias diferentes, conceitos diferentes dos meus sobre a vida – o que é legal, a gente passava horas conversando –, transbordava racionalidade onde eu era pura intensidade. Ela era vivida, independente, eu era um menino numa eterna adolescência, que tinha visto filmes demais, lido livros demais, escutado rock stars demais. Ela tinha me marcado a ferro e eu estava morrendo de saudade dela. Precisava fazer algo, sentia que já tinha passado aquele tempo regulamentar em que você sente se ela vai voltar ou não. Precisava de impacto, dar um choque na história. Poderia ter escrito uns versos matadores, uma canção pop, pintado um quadro, jogado flores de um helicóptero. Mas, não.

Eu li livros demais, ouvi música demais, vi filmes demais.

Vagando pela casa, já quase de manhã, topei com um bonequinho que eu e ela brincávamos que seria nosso filho. Branquelo, cabeçudinho e com a camisa do Corinthians. Aí bateu a maldita ideia. Ela é filha de um executivo de banco e, por causa da profissão do pai, morou em várias cidades no interior de São Paulo. Juntei uns maços de cigarros, vários CDs, tentei não pensar muito, deixar o impulso tomar conta e peguei o carro. A missão: levar o bonequinho e fotografá-lo nas cidades em que ela morou, nos lugares importantes que ela tinha me contado e montar um livro de fotos. Raspei a última grana que tinha no banco, enchi o tanque, liguei para o meu emprego e disse que estava doente. Estrada adentro. Uma mistura de Amélie Poulain e Elizabethtown. Uma loucura sem tamanho.

Os primeiros cem quilômetros eu fui na boa, como falei, a manha era não pensar muito no que estava fazendo. A primeira parada era, óbvio, na cidade em que ela nasceu, distante quase 600 quilômetros, na divisa com o Paraná. Cheguei lá por volta da uma da tarde, tirei a foto do boneco na porta da maternidade onde ela nasceu sob olhares descrentes e curiosos e parti. Foi quando a razão começou a mandar recados. Viajei sem dormir umas seis horas pra ficar cinco minutos na cidade. Mas estava longe demais, com saudade demais pra desistir. Parei para um café. Como não tinha dormido, não poderia comer algo com mais substância para não ficar com sono dirigindo. Passei o dia a pão na chapa, café e Coca-Cola.

Entre a cidade que ela nasceu e onde ela passou a infância e começou a sonhar em ser jornalista, rodei mais uns trezentos quilômetros. O pior não era a estrada de mão dupla, nem o calor infernal que fazia, carro sem ar condicionado, muito menos os caminhões segurando o trânsito por quilômetros sem pontos de ultrapassagem, mas a ânsia que bateu depois que fui tomar um gole na latinha de Coca-Cola e quase engoli uma bituca de cigarro que tinha jogado lá dentro. Pelo menos a força de vontade de segurar o vômito me manteve acordado por um bom trecho.

Passei pela cidade da infância. Pela cidade da adolescência. Pela cidade onde moravam os avós que ela adorava. Pelo lugar onde a mãe trabalhava. Pela estação de trem que ela gostava de fugir. No bar em que gostava de ir com os amigos. Passei pelo primeiro emprego. Pela faculdade. Tudo isso em várias cidades diferentes em que nunca tinha passado perto e cruelmente distantes e fora da rota uma da outra. Em algum momento, na rodovia Anhanguera, o cansaço era tanto que desisti de gastar energia me preocupando com radares – toquei o foda-se de vez. Eram nove da noite e já estava de novo na marginal Tietê torcendo para conseguir ainda encontrar um shopping aberto para revelar as fotos. Cheguei faltando vinte minutos pra fechar, guardei o dinheiro do pedágio, comprei um álbum bonito e mandei revelar aquele caminhão de fotos para desespero dos funcionários que já estavam contando os segundos pra ir embora. Ainda dirigi mais 100 quilômetros até minha cidade.

Em casa, espalhei as fotos em cima de uma mesa, abri o álbum e comecei a colar e escrever. Fiz um livro sobre a vida dela. Busquei meu melhor texto, que rabisquei tentando fazer uma letra bonita. Era como se eu contasse para o bonequinho (nosso filho, lembra?) quem era a mãe dele e por que eu gostava tanto dela e a queria do meu lado de novo. Só coloquei uma foto minha. Na última página da história, uma foto nossa, felizes. E deixei algumas páginas em branco no final pra gente preencher com as nossas fotos felizes dali por diante, as nossas fotos de um futuro que estaria por vir. Terminei, fechei o livro numa caixa junto com o bonequinho e deixei na portaria do prédio dela às cinco da manhã – exatas 24 horas de total delírio.

Dormi o sono dos loucos e desajustados, fui trabalhar, fiquei esperando o telefonema dela pra falar do presente. Ela ligou no fim da tarde, horas intermináveis de espera. Disse três frases, nessa sequência:

– Obrigada, nunca ninguém fez nada tão bonito pra mim.

– Faltou uma cidade.

– Encontrei um ex-rolo ontem e começamos a namorar.

Rápida, ela.

Otário, eu.

Passei os meses seguintes mergulhado abaixo do fundo do poço, sem ao menos ter vontade de sair com os amigos solteiros e entrar na putaria, o que seria a solução lógica. Bebia sozinho até não ter mais condições de respirar.

Passou. Claro, uma hora passa.

Depois dessa história, ela enfileirou um namorado mais maluco que o outro. Problema dela.

Eu descobri que ela não era um único oásis nessa estrada louca da minha vida. Que o melhor pra mim ainda estava por vir, um pouquinho mais adiante. Acredite.

As lições de tudo isso? Duas.

Faça loucuras de amor somente para quem gosta de você e quer ficar do seu lado. E verifique se não tem bitucas de cigarro antes de dar um gole numa lata de Coca-Cola.

Stay (Faraway, so close)

Sempre coloco música quando acordo. Duas coisas fundamentais para o meu dia começar: ouvir música e tomar café. Prelúdios para o primeiro cigarro, para as obrigações, para os sentimentos que aquele dia reserva. De uns meses pra cá, ei, temos plantas por aqui. Acrescentei outro ato: escuto música, xícara de café numa mão, água para as plantas na outra. O *setlist* é um mistério, coloco tudo para tocar no sistema randômico, seja o que o DJ destino quiser.

Nesses últimos dias, o DJ destino tem caprichado. Geralmente executa músicas que fazem meu coração bombear mais sangue. Músicas que, de alguma forma, me fazem lembrar dela. Há alguns dias esse monstro louco que habita o lado esquerdo do meu peito voltou a funcionar com intensidade depois de anos. Porque há alguns dias ela apareceu. Ela, aquela capaz de me fazer desenhar um sorrisinho meloso quietinho no canto da boca. Ela, que me arranca um suspiro incontrolável quando manda sinais de vida, migalhas dormidas do seu pão para esse pobre mortal, que só pode implorar, fazer promessas para todos os santos para que algum dia consiga terminar o dia com aquele olhar em seus braços. Que algum dia consiga terminar o dia contando as pintinhas em seu corpo. Que algum dia consiga começar o dia com uma xícara de café numa das mãos, água para as plantas, e a sua boca na minha.

Aí tocou *Stay (Faraway, so close)*, do U2. Numa tradução bem literal, o título diz "Fique (Tão longe, tão perto)". A música é linda, o U2 é das bandas prediletas da casa, sempre bate mais fundo. A música fala do vício em heroína, nada romântica. Mas a graça da música, pelo menos pra mim, é a maneira como ela toca na sua alma. Naquele momento, nesse momento, agora, *Stay* reverberando, tela em branco, ela na cabeça, ela tão perto do coração, tão longe fisicamente, impossível não associar. Ela não é uma droga, não é destrutiva, mas me causa efeitos absurdos. Ela corre no meu sangue e acelera meu coração, fico empolgado, acelerado, minha mente se abre, expande, descargas de felicidade tomam conta do meu corpo, as ideias aparecem de forma mais fácil, a inspiração transborda, dá vontade de conquistar o mundo só para entregá-lo pra ela, de presente. Um barato.

Vou tocando meus dias com variadas doses dela, sem moderação. Aquele olhar, aquela boca, o sorriso, o batom vermelho, o mistério, a possibilidade de amor, as pernas e a saia, a roupa da noite e a camiseta solta do dia a dia. Quero tudo. Os sonhos, os problemas, os desejos, as loucuras, as alegrias, as histórias, passado, presente, futuro, sim, o futuro. Eu quero. Descobrir o que a faz sorrir, chorar, gozar. Quero. Ela está tão perto. Dentro de mim, no sangue, no coração, na mente. Ela está tão perto, na distância de um sonho. Ela está na minha frente, nas letras da tela que estava em branco. Ela está tão longe, milhares de quilômetros da minha boca. Tão perto, tão longe. Café?

Mares da Espanha

Qual é a faísca que leva até a loucura ou a inspiração? Esse seria um estudo que eu gostaria de ler; talvez não, talvez seja melhor deixar isso num campo abstrato, acreditar nos poderes metafísicos e poderosos de uma frase ouvida, de um vento no cabelo, daquela música que você gosta e toca de repente. Ou de ver uma foto dela. Ela deve pensar que eu sou um maluco e ela deve ter razão. Sou um maluco a quilômetros de distância, pelo menos, ela respira aliviada. Ela é a materialização de seus sonhos a quilômetros de distância, ele respira com um nó na garganta.

A faísca veio com uma foto numa rede social noite dessas. Ela, linda, como sempre, como ela é. Parecia a capa de um livro sobre as *swinging girls* londrinas dos anos 1960 ou sobre os anos 1970 na Califórnia. Ou poderia ser o Rio de Janeiro há algum tempo. Linda, cigarro numa das mãos, um ar de liberdade, de sonho. Uma faísca que despertou nele a loucura e a inspiração. Ele queria estar ali, ao lado dela, e enfrentar aquela noite pelas ruas cariocas com todas as fumaças, copos, risos, histórias, cheiros, apertos, sons que conseguissem aguentar. Pensou em pegar o carro e correr até lá, parar em algum lugar e esperar encontrá-la ou escalar seu castelo de pedras. Implorar pela possibilidade de ver aquela imagem, aquele sorriso por quanto tempo ela deixasse, o mundo permitisse, o sonho durasse. Ou sei lá o quê. Ficou com a faísca da inspiração. Escreveu, escreveu, olhou pra ela, sonhou, escreveu.

Senti-me como uma música da Angela Rô Rô às avessas. *Nem que eu caminhasse às três da manhã / Nem que eu me enganasse pra ver o que é bom / Nem que eu caminhasse até o Leblon, não iria encontrar / Você navegando os mares da Espanha / Tecendo pra outro seu corpo com manha / Você navegando o vazio da Espanha e eu no Leblon.* Você não estava na Espanha, eu muito menos no Leblon. Mas o sentimento era esse. Fiquei com ciúmes daquela foto na rede social. Queria aquela imagem só pra mim, queria poder tocar. Odiei quem te cantou virtualmente. Amaldiçoei quem pudesse estar tecendo seu corpo com manha naquela noite. Coloquei-me no lugar. Olhei, somente. Pensei em você, quis estar ali. Imaginei como seria lindo viver com você em Londres ou São Francisco em 1975. Ou no Rio de Janeiro nos anos 2000. É, eu sou maluco. Loucura, loucura, não me compreenda. Nem me repreenda.

Round midnight

SÃO PAULO. UM BOTECO NO CENTRO. SENTADO NUM CANTO QUALQUER, OBSERVANDO OS CUBOS DE GELO DERRETEREM E SE MISTURAREM NO NEGRONI MAL FEITO.

Um gole. Queima a garganta, aquece o frio que vem de baixo. É preciso levantar a cabeça para respirar. Ao redor, outras almas torturadas, desesperadas, desvinculadas, perdidas. Simplesmente solitárias. São todos semelhantes, repartindo amarguras e o pesado ar, carregado de tensão, rancor e fumaça. Cigarro. Aceso. Fogo. Um ardor a mais. Luz negra. Quase não se percebe o que se passa.

No fundo, em cima de um pequeno palco, quatro figuras angustiadas descarregam o seu estoque de decepções de outra maneira. Em vez de uísque, cigarros e outras drogas, eles afogam suas mágoas através de cordas, teclas, baquetas, bocais, microfones, vozes, palavras. Em harmonia. Música. Lenta. Pesada. Arrastada, como o ar que quase sufoca. Alguém começa a dançar com uma prostituta. A bateria é tocada delicadamente, como porcelana, frágil, roçando o seu rosto em movimentos compassados, suaves. Em algum lugar deve ter um baixo de pau, coordenando todo o sofrimento, marcando o ritmo das lágrimas, preparando o desterro. Não dá para se ver. Os olhos estão fechados e a mente vagueia. Um piano perseguidor percorre cada aurículo e ventrículo de coração surrado, abrindo caminho, desenterrando segredos, antecipando a queda.

Tudo começa por volta da meia-noite? Os olhos estão abertos agora. Ao microfone, um velhinho, usando uma surrada jaqueta de couro preto, com um olhar que revela todas as dores do mundo, balbucia com uma voz encharcada de bourbon, letras sobre corações partidos, amores não correspondidos, solidão, desespero, falta de rumo, como se retirasse as palavras da mente de todos que estavam ali. Sem choro. Abraçado ao seu trompete, apertado junto ao peito, como se aquele instrumento fosse a mais valiosa das amantes, anuncia que as coisas costumam piorar ainda mais por volta da meia-noite. Talvez o trompete tenha sido a única paixão correspondida em mais de meio século de existência. Por volta da meia-noite, as coisas realmente ficam ruins. As memórias despertam. Lembranças soterradas pairam sob as cabeças, em círculo, como fantasmas dispostos a se divertir. Querida, eu preciso de você. E logo a resgatarei lá do fundo do meu coração para que possa dominar meus pensamentos. Melodias sem-saída. Da, du, da, du, di, dudi, daduda, di, daduda. E onde estás então? Por que você nunca esteve? Por volta da meia-noite tudo se torna negro se ela não estiver aqui. Será que eu não mereço uma noite ao menos? E os anjos, aparecem, numa alucinação etílica, para me dizer que ela está voltando. Talvez. Um dia. Ou nunca. Ou por volta da meia-noite.

O velhinho, que balbucia melancolicamente palavras ora ininteligíveis, mas não menos dilacerantes, atende pelo nome de Chet Baker e foi um dos mais geniais músicos desse século. Óbvio que ele não estava em São Paulo – seu disco tocava e minha imaginação etílica fluía. Egresso do jazz, fundiu esse estilo ao pop, sem tornar-se brega ou *blasé*. Levou uma vida tipicamente rock'n'roll: tomou todo tipo de entorpecente, seja líquido ou sólido. Percorreu os infindáveis descaminhos do amor. Lutou bravamente e desejou intensamente, sem nunca conseguir. Inundou o seu estilo de tocar com todo esse rancor existente em seu ser.

Esse é o panorama da música de Chet Baker. *Round midnight*, uma de suas grandes interpretações, é tão ou mais soturna do que o cenário descrito. Porém, linda. Como os olhos dela. Mas prepare-se, é extremamente proibido para corações fragilizados demais. O meu ainda está com apenas alguns arranhões, então eu aguento.

Amarelo

Paulinho da Viola descreveu a primeira vez que viu desfilar a Portela. Aquele azul que passou em sua vida não era do céu, não era do mar. Era um azul só dela, da Portela e da sua lembrança. Um azul exclusivo, inexplicável, único, que nunca seria o mesmo. Mas não era o azul que jamais se repetiria — era a sensação de vê-lo pela primeira vez. A mesma sensação que eu tive quando a vi entrar na minha casa de amarelo. O amarelo do seu vestido não era do sol, do ouro. Era dela, só dela. Combinava com seus cabelos. Combinava com o seu brilho, sua aura. Ela é ouro puro. Ela é poesia. Música, tem o sorriso perfeito, o jeito, o olhar. Não era somente uma mulher num vestido amarelo: era um tratado de segurança. Um atestado de paz. A prova de que Deus existe. Um amarelo inaugural, inédito, como de um raio solar que ilumina o mundo. E o meu coração se deixou levar.

Acelerado

A ÚLTIMA VEZ QUE EU OLHEI PRA HORA DEVERIA SER O QUÊ, MAIS DE TRÊS E MEIA. DESDE ENTÃO TENHO PROCURADO EVITAR OLHAR DE NOVO. A ANFETAMINA NO CÉREBRO JÁ AVISOU PARA DESENCANAR DO SONO POR HOJE. ESSE É UM PROBLEMA DA ANFETAMINA. O OUTRO É QUE ELA MEXE COM UNS FUSÍVEIS NO CÉREBRO E ATIVA ALGUMAS LEMBRANÇAS QUE NÃO VIRIAM EM ESTADO, DIGAMOS, "NORMAL". AÍ VOCÊ ESCOLHE O QUE FAZER COM ELAS. O USUAL É FICAR REMOENDO-AS ATÉ DE MANHÃ. EU RESOLVI TRANSFORMÁ-LAS EM LITERATURA. BARATA.

Sabe do que eu lembro? De Ubatuba, da segunda vez. Você linda, de azul, cabeça entregue nos meus ombros. Feliz de estar ali. Em paz. Aí os fusíveis se eletrificam e lembro que, ei, esses olhinhos já olharam felizes quando me viram. Parece até mentira, a essa altura do jogo da vida. Por alguma razão, o destino quis que durante essa existência, em algum(ns) momento(s), na rua, na praia, na casa de alguém, teus olhos encontrassem outro dia os meus e ficassem cheios de lágrimas de pura alegria. Por um instante, os-meus-teus-nossos-olhos de ver-bonito não seguraram as lágrimas, e quase não conseguimos falar, para repetir palavras atordoadas, engasgadas, como sim, sempre, obrigado, que bom, eu também. Uma vez, lá no começo da humanidade, você até me ligou perguntando se ainda te queria. Sim, que bom, eu também.

Sabe do que eu sinto vontade? De pouca coisa. Quando te vejo, já não sinto mais aquela vontade tão 2010 de te falar algo inteligente, surpreendente, que te fizesse a cabeça. Hoje, quando te vejo, uma poesia em amarelo, quero te dizer coisas bem mais simples. Do tipo: "o que você quer jantar hoje?". "Vamos ver um filme?". "Que tal a gente (eu) tomar um vinho naquela sacada e esquecer o mundo?". Ou "pode ser pizza". Como se existisse uma ponte que pulasse todos os erros e desencontros e ligasse o imaginário com o real. Que fizesse a conexão entre "a última vez que fomos felizes" com o "aqui, agora". Quando foi a última vez que fomos felizes mesmo? Foi em Ubatuba, da segunda vez.

Hoje você escolheu um caminho que eu não esperava. Esperava mais. Por quê? Porque pra mim você sempre foi mais. Temi imaginando você se apaixonando por um cara que eu admirasse. Você não fez isso. E até que doeu menos. Eu segui um caminho que você não esperava. Tornei-me aquilo que você não acreditava que eu fosse capaz. Meu coração vive tranquilo. Teve um lapso ou outro. Todos com você. Essa batida tranquila me deixa longe dos problemas, mas meio que funciona no automático, sem sobressaltos. Eu gosto de sobressaltos. Nunca mais ele ficou acelerado. Que era do jeito que você gostava. Está guardado pra você. Quem sabe? De vez em quando ele até bate um pouco mais rápido. Culpa da anfetamina.

Mulheres
impossíveis:
Ju

ELA, LINDA, COMO SEMPRE, FALA PRIMEIRO:

— E SE EU ME APAIXONAR?
— SE APAIXONE.
— TENHO MEDO DISSO.

– De se apaixonar? Por quê? Não deveria ser uma das coisas boas da vida?

– É. Mas é ruim. É pior porque deveria ser bom. Depois sofre muito.

– Você prefere então não ter boas lembranças com alguém já pensando no que pode sofrer no futuro? Você vive dentro de uma trincheira?

– Você só faz perguntas?

– Quero entender a sua cabeça.

– Ah, sei lá. Acho que vou me apaixonar por você. E depois eu vou sofrer, você é como todos os homens.

– Opa, valeu. Nada como jogar um estereótipo para justificar uma ideia furada.

– Não é isso. Eu tenho medo, não posso?

– Pode, claro. Mas por isso você não vai mais ficar comigo?

– Não. Não sei.

– A gente não pode ir ficando e ver no que vai dar?

– Viu só?

– Vi o quê?

– Você só quer o meu corpinho.

– Quero também. Tem algum problema nisso? Você é linda.

– Nem sou. Sou mais ou menos. Depois que eu te der o meu corpinho você me esquece. Tenho certeza, homem é tudo igual.

– Quero seu corpinho. Mas também quero seus pensamentos.

– Penso muito em você. E não fala essas coisas que eu já fico com vontade... Já começo a pensar coisas...

– Eu também te quero muito. Por que a gente não aproveita que se quer e se curte um pouco?

– Porque eu acho que vou me apaixonar.

– Se apaixone, então!

– E se eu sofrer?

– Pode acontecer.

– Viu só? Não vou ficar com você, porque eu vou me apaixonar e você mesmo já está dizendo que eu vou sofrer.

– Eu disse "pode" acontecer. Como também pode não acontecer e a gente ser feliz pra sempre.

– Não acredito nisso.

– Não queria isso?

– Quero, mas não rola. Ah... Tô com vontade de você, mas e se eu me apaixonar? E se eu sofrer?

– O que você quer que eu faça? Que te dê um certificado de garantia? Dois anos sem sofrimento ou seu dinheiro de volta!!

– Grosso.

– Linda. Casa comigo?

– Até caso. Você é "casável"...

– Então...

– Você não vai gostar de mim.

– Já gosto.

– Sou chata.

– Eu sei. Mas ainda gosto.

– Estressada.

– Não diga? Casa?

– Não. Você só me quer porque eu estou me fazendo de difícil.

– Imagina... Só pode ser piada alguém gostar de alguma coisa porque é muito difícil.

– Vou ser facinha só pra ver se depois você me larga...

– Tá!

– Até parece...

– Então, não?

– Talvez.

– Quando?

– Sei lá.

A mulher e a música: Tempo de pipa, do Cícero

Ela tinha cores. E vê-la de longe, no meio de tanta gente, fez com que tudo em volta ficasse totalmente em preto e branco. Eu só conseguia ver o sol em seus cabelos. Tentava decifrar o que estava por trás daqueles grandes óculos. Tentava de algum jeito ficar perto dela. O que será que a faz feliz? Que tipo de presente a agrada? Será que gosta de pipoca? Quando faz aniversário?

Quando você vem ou não?
O que você quer de mim?
Deixo por aí
O que você tem?
De onde você é?
Pode me esquecer

Se você quiser
Ou se deixar chover
Se você vier

Como eu queria que ela se deixasse chover. De perto, mais cores. Rosa na boca. Olhos de mel – na definição poética da coisa, não no sentido Chiclete com Banana. Tinha tudo: o olhar, a voz, o humor... E o sorriso hipnotizante. E agora? O que eu posso fazer para agradar essa mulher?

Eu vou te acompanhar de fitas
Te ajudo a decorar os dias
Te empresto minha neblina
Vamos nos espalhar sem linhas
Ver o mundo girar de cima
No tempo da preguiça

O que você é, enfim? Onde você tem paixão? Será que você quer esquecer o sentido da vida por alguns instantes comigo? O mundo ficou maluco por um bom tempo. E, como em poucas vezes, desejei que tudo fosse do meu jeito. Mas ela não é de fazer vontades. Ela é. O que ela quiser. Eu só posso ter fé.

Mas tudo bem
O dia vai raiar
Pra gente se inventar de novo
Mas tudo bem
O dia vai raiar
Pra gente se inventar de novo
E o mundo vai nascer de novo

A última valsa

ERA TARDE DE DOMINGO, ESSE QUE É O DIA MAIS MELANCÓLICO. VOCÊ PRECISA DE UM ESFORÇO PARA NÃO SE ESCONDER DO MUNDO. E AÍ VEM ELA. QUE ME SEDUZ SÓ COM A POSSIBILIDADE DE UMA IMAGEM. DE VER SEU NOME, QUE ME CONQUISTA SÓ COM A APARIÇÃO DE SEU NOME.

E ela não perde tempo e salva o seu dia. Ela está lá, longe e linda. Na sua casa, no alto, sol se pondo, e ela lá. Longe, linda e arrebatadora. Vendo o cinza-bonito da cidade. Expandindo sua consciência. Quieta. Sozinha. Mais preocupada com o time do coração do que com o sentido da vida. Ela está lá. Longe, linda, arrebatadora, cara de quem acabou de acordar e o pior: ela quase foi minha.

E nunca será. Ela quase cogita dar uma chance para o improvável, mas, ei, ela não é dada a variáveis. Não sou o tipo capaz de conquistar aquela alma e, meu Deus, aquele sorriso. Aquele corpo. Aquele. Ela sabe que nasceu para o melhor. E eu não posso lhe dar diamantes. Jantares. Um travesseiro de qualidade. Eu não posso levá-la a Paris, onde é sempre uma festa, a cara dela. Eu só posso ser Paris onde ela estiver. Ela quase foi minha. Provavelmente não será. Mas ainda rezo para que ela tenha guardado uma última valsa pra mim.

Mulheres impossíveis:

Fer-nan-da

DESDE O PRIMEIRO SEGUNDO QUE A VIU, FICOU HIPNOTIZADO. ALÉM DE TUDO, FERNANDA É INTELIGENTE, BOM PAPO, DIVERTIDA, BEM-HUMORADA E FALA UM "TU" E "TI" COM UM SOTAQUE SEDUTOR DEMAIS PARA CORAÇÕES FRACOS. E AINDA NEM FALAMOS DAS COVINHAS NO ROSTO DELA QUANDO SORRI... MAS A MULHER DOS SEUS SONHOS TINHA UM DEFEITO: NÃO SABIA O QUE QUERIA DA VIDA. OU PIOR: SABIA — NÃO QUERIA NADA COM ELE. ELA, APESAR DE SEMPRE INDECISA, FALA PRIMEIRO:

– Eu gosto de você...

– Putz, nem continua essa frase.

– Por quê?

– Porque eu sei onde ela vai parar.

– Sabe?

– Você gosta de mim como amigo.

– E isso é ruim?

– É. Porque eu gosto demais de você. Quero você. Sou louco por você. E amizade é pouco. Você acha que eu aguento ficar perto de você?

– Eu também gosto de ti...

– Não da mesma maneira. Mas, tudo bem. Eu ainda te esqueço.

– Faz isso.

– Olha só. Você até torce pra isso acontecer.

– Não torço. Você que sabe o que é melhor pra você.
– O melhor pra mim é você.
– Então...
– Devo esquecer mesmo?
– Tu que sabes.
– Por quê?
– Tudo pode acontecer.
– Sério?
– Sério.
– Então vamos trocar o almoço de amanhã por um jantar.
– Prefiro o almoço.
– Por que a gente não deixa isso tudo pra lá de uma vez?
– Não abro mão do meu almoço.
– Não abro mão de você.
– Não abro mão da nossa amizade.
– Você sabe magoar alguém de verdade.
– Amanhã, meio-dia?
– … Fechado.
– Sabia.

Because the night

Ela vestia uma calcinha branca e uma camiseta da Patti Smith. E essa é uma das imagens mais poéticas que já vi na vida. O sol da manhã, os cabelos ligeiramente bagunçados, o olhar desconfiado, o sorriso hipnotizante. Aquela mulher logo cedo era música, poesia, cinema, literatura pura. Muito difícil não se deixar levar.

Eu deixei. Esse era só o fim de uma noite difícil de explicar. Faltam palavras, adjetivos. *She's electric* e cada segundo da madrugada testemunhou o sublime, o perfeito, tudo se encaixou entre risos, gemidos, fumaça, histórias, promessas, mordidas, puxões, muito ar, pouco ar, o sentido da vida. Eu queria poder explicar como me sinto quando estou em suas mãos. De novo, não inventaram palavras. Só sei que é bom. Seguro.

Come on now try to understand / The way I feel when I'm in your hand / Take my hand come undercover / They can't hurt you now, can't hurt you now / Can't hurt you now

Eu que sempre me senti melhor à noite não imaginava que a madrugada pudesse ser ainda melhor. Ela é capaz disso. Ao lado dela, em todas as vezes, sinto que a noite é nossa, que o mundo está ao nosso alcance, que somos invencíveis. Ouvindo de perto a sua respiração, pegamos tudo que nos pertence: amor, luxúria, descontrole. Só acaba quando o sol nasce e a vida adulta chama. Esperamos, ansiosamente, pelo próximo pôr do sol. Porque a noite nos pertence.

Because the night belongs to lovers / Because the night belongs to lust / Because the night belongs to lovers / Because the night belongs to us

O problema é: tô viciado, não consigo mais viver sem. Não quero mais dormir longe dela. Não quero mais ver a Sessão Coruja. Quero ouvir suas histórias. Quero ouvir suas piadas. Quero ver todos os lados dessa mulher. E, num lance de sorte, quero que ela deixe de fazer só minhas noites felizes como nunca foram. Quero que ela traga a perfeição para o dia a dia, todos os dias, pela eternidade em que durar. Leva-me. Agora.

With love we sleep with doubt / The viscious circle turn and turns / Without you I cannot live / Forgive the yearning burning / I believe in time too real to feel / So take me now, take me now, take me now

– Texto livremente inspirado na música Because the night, *de Patti Smith e Bruce Springsteen.*

Because the night *é uma música gravada por Patti Smith e escrita por Bruce Springsteen (com pequenas alterações de Patti). A versão mais conhecida dessa música foi gravada pela banda 10,000 Maniacs, em 1993 para o álbum acústico MTV Unplugged, com mais algumas alterações na letra, resultando no maior sucesso desta banda.*

Lições da cultura pop:

o que James Bond pode te ensinar

ABORDANDO UMA MULHER

É uma unanimidade: os homens querem ser James Bond, as mulheres querem tê-lo em sua cama. A explicação, segundo o escritor americano Joseph Matthews, autor do livro *The art of approaching women (A arte de se aproximar de mulheres)*, é que ele combina confiança, luxúria e discrição no jeito como olha e sorri. Mais do que isso, Bond vale-se da velha máxima de que as mulheres querem proteção – tanto é que, em seus filmes, todas as "emancipadas" que se achavam autossuficientes acabaram salvas por ele... e na cama com ele, como a agente chinesa Wai Lin, em *O amanhã nunca morre* (1997) e a herdeira grega Melina Havelock, de *Somente para seus olhos* (1981). Então, como abordar uma mulher, de acordo com ele? Primeiro de tudo, confie em si mesmo e deixe-a à vontade; escute-a e fale pouco. Seja gentil, mas não deixe que ela se aproveite de seu interesse para pisar em você – e com isso passe a ter o controle da situação. Depois disso, fale o que ela quer ouvir, mas seja econômico com as palavras.

O VODCA-MARTINI

Nos quarenta e quatro anos desde a estreia do personagem no cinema, com *007 contra o satânico Dr. No* (1962), James Bond eternizou uma bebida: o vodca-martini. A receita dele leva três medidas de gim Gordon's, uma de vodca e meia de vermute Kina Lillet; a mistura é batida em uma coqueteleira e servida em uma taça alta de champanhe. Em *Casino Royale*, o jovem agente pede o drinque em um bar e o barman lhe pergunta: "batido ou mexido?". Aparentemente, a opção pelo vodca-martini batido é apenas uma criação de Ian Fleming para que o personagem tivesse mais uma marca registrada. Entretanto, pesquisas da Universidade de Ontário Ocidental, no Canadá, publicadas em 1999, descobriram que o vodca-martini batido à la Bond possui um número maior de substâncias antioxidantes, que ajudam a cicatrizar ferimentos, dentre outras coisas. E, ah, complementa-se a bebida com uma fatia fina e comprida de casca de limão.

COMO SE VESTIR BEM

James Bond nunca foi um sujeito que se deixou render a modismos: na época em que Don Johnson eternizava os blazers turquesa (argh!) em *Miami Vice*, ele não envergou um em *Marcado para a morte* (1987), tampouco usou terno branco à la John Travolta em *007 contra o foguete da morte* (1979). Seu estilo está normalmente associado a uma única vestimenta: o terno. E não é preciso muito mais que um para fazer um homem elegante. O segredo de Bond, na verdade, é fazer com que cada terno que ele use pareça único – e de fato eles são. Investir num terno de cores neutras, material superior, como a lã fria ou o linho, e deixar o corte a serviço de um bom alfaiate, que conheça sua postura e suas características, é a chave do sucesso de 007. Quem pensa, contudo, que Bond só vive de ternos, que se lembre de *Dr. No* ou de *Goldeneye* (1995), por exemplo: em paraísos tropicais, uma calça clara de sarja e uma camisa de mangas curtas, polo ou de botões, resolve.

A IMPORTÂNCIA DE SABER JOGAR

Em *Um novo dia para morrer* (2002), o vilão Gustav Graves pergunta a Bond: "O senhor é um jogador?". O agente devolve, imediatamente: "(Apenas) Se as apostas estão certas". Em outras palavras, Bond mostra que, por um lado, a vida é feita de riscos. Não seja conservador a ponto de evitá-los todos – arrisque quando valer a pena. E quando é que vale a pena, então? Juízo de cada um, em cada situação. Mas a arte do jogo vai mais além: jogando, conhecemos as pessoas ao redor – como pensam, como foram educadas, até onde vão seus limites. James Bond joga cartas de vez em quando e parece se interessar por cavalos; nos filmes, há uma pequena liturgia do jogo, com as mulheres ao redor, os movimentos calculados, as frases de efeito. Tudo bem, na vida as coisas não são bem assim. Mas, parafraseando o ator Peter O'Toole – que foi Lawrence da Arábia e não Bond – "quero assumir um risco calculado; sonhar e construir, falhar e vencer; (...) prefiro os desafios da vida a uma existência pacata, a emoção da conquista à pasmaceira da utopia".

BE COOL

Na sequência de abertura de *Goldeneye*, James Bond foge de uma base militar, desvia de tiros, motocicletas, tanques, jipes, soldados armados, intercepta um avião no momento da decolagem, luta com o piloto, tira todos os passageiros do avião, derrubando-os na pista; logo depois o avião cai, em queda livre, num desfiladeiro. E Bond, calmo como um mestre budista, arruma os cabelos, segura o manche e faz o aeroplano ganhar altitude, singrando tranquilamente o céu. Sem se precipitar, sem gritar, numa absurda demonstração de autocontrole. Porque não adianta se desesperar – a sua tensão não vai adiantar ou melhorar o que há de ser feito.

Mulheres
impossíveis:
Patrí
cia

PATRÍCIA É LINDA. LOIRA, OLHAR FORTE, DECIDIDA. ASSUSTA, MAS É A MELHOR DAS BATALHAS, VOCÊ VAI QUERER IR ATÉ O FINAL, NÃO IMPORTA O GRAU DE DIFICULDADE. ELA NÃO ACREDITA EM NADA, DESCONFIA DE TUDO. NÃO É FÁCIL CONVENCÊ-LA. AINDA QUE VOCÊ ESTEJA DIZENDO A VERDADE. ELE, FALA PRIMEIRO. ELA, BEM, ELA MAIS ESCUTA...

– Eu lembro do primeiro instante que eu te vi...

– ...

– Num jogo de basquete. Você estava de preto, usava uma sapatilha vermelha, rosa... Vermelha!

– Vermelha...

– Não sei dizer exatamente o porquê, mas o santo bateu.

– ...

– Sério. Fiquei com vontade de te conhecer.

– ...

– E quando te conheci não parei de pensar nisso.

– Tá certo...

– É verdade. Eu largava tudo que tinha ali e fugia com você pra qualquer lugar...

– Sei...

– Verdade! Que mulher complicada...

– ...

– Dá meia chance de te mostrar isso.

– ...

– Largo tudo. Acredita.

– ...

– Me deixa acordar e dar de cara nesses olhos...

– Acorda... Você...

– Já parou pra pensar que sua falta de fé nos homens pode te fazer perder a oportunidade de conhecer alguém bem legal, de verdade, na sua vida?

– É um risco que eu sempre prefiro correr. Principalmente quando encontro alguém bem legal. Contento-me com os medianos.

A mulher e a música: Acaso, de Leo Cavalcanti

Foi um tropeço.

Foi assim. Foi mesmo assim, sem querer, que em você tropecei. E esse tombo me desarrumou de vez. Tudo era fácil e a vida seguia tão convencional, sempre igual. Sem motivação. Você apareceu para molhar o meu sertão e mostrar que nem tudo tem previsão.

Foi assim. Debaixo da chuva que você tropeçou. E eu queria ao mesmo tempo te proteger do sereno e te segurar. Mas foi imprevisível e o amor não se prevê. Nos dois casos, o que eu poderia fazer?

E o seu quase tombo me desarrumou de vez. Todos os segundos em diante eu só pensava no seu cabelo desarrumado, na gargalhada que há muito tempo você não dava. No tempo que eu queria que durasse para sempre enquanto arrumava cada cabelinho bagunçado. Queria ali prometer, debaixo da tempestade, que daqui pra frente vou, no mínimo, cair junto.

MAS VOCÊ ACREDITA QUE O DESTINO É ESCRITO E O TEMPO O SABE DE COR. COMO UM ROTEIRO A SEGUIR. SEM DEDOS DE IMPROVISAÇÃO. SE FOSSE ASSIM, A VIDA SERIA LETRA DE CANÇÃO, ATONAL, PRESA NO REFRÃO. SEM TER ESPAÇOS A PREENCHER COM CORAIS PRA FAZER O UNIVERSO SE SURPREENDER. E O UNIVERSO GOSTA DE SURPRESA.

Foi assim, num tropeço, que eu comecei a ver a vida endireitar.

Assim, sem querer, que a felicidade pode ter a sua vez.

Luiza

Eu sou mais do tipo da *Luiza* do Tom. *Vem cá, Luiza / Me dá tua mão / O teu desejo é sempre o meu desejo / Vem, me exorciza / Dá-me tua boca / E a rosa louca / Vem me dar um beijo / E um raio de sol / Nos teus cabelos / Como um brilhante que partindo a luz / Explode em sete cores / Revelando então os sete mil amores / Que eu guardei somente pra te dar Luiza*, eu quero tudo e quero agora. Quero te pegar pela mão e sair pelas ruas da cidade sufocante. Quero destruir todos os prédios cinza e colocar seus desenhos no lugar. Quero te ver mexer os cabelos com a ponta dos dedos. Quero te ver de chapéu. Quero te ver sem nada. Quero varar a noite te ouvindo. Quero acordar cedo e te ver em silêncio. Quero levar teu chocolate favorito e fumar um cigarro escondido no caminho. Quero cuidar de ti quando cair pra que nenhum hermano chegue perto. Quero ouvir tuas músicas favoritas o tempo todo. Quero o sorriso. Quero a boca.

Ela diz que é mais a *Luisa* do Chico. Deve ser. Ela é mais sutil, mais poesia, menos emergente. *Por ela é que eu faço bonito / Por ela é que eu faço o palhaço / Por ela é que saio do tom / E me esqueço no tempo e no espaço / Quase levito / Faço sonhos de crepom / E quando ela está nos meus braços / As tristezas parecem banais / O meu coração aos pedaços / Se remenda prum número a mais*, ela é assim, ela é estilo, poesia e sonhos em crepom. Ela conhece as cores, a fotografia, ela tem o olhar. Ela prefere o sussurro ao grito. Ela vai devagar, ela aproveita o momento. Ela acredita no sorriso e em comidas saudáveis. É apaixonante, mas desconfia do amor. Ela é sutil, ela é refinada. Ela é Luiza com "z", como a do Tom, mas age mesmo como a Luisa com "s", como a do Chico.

NO MEIO DA RUA, CONTROLO MEUS DEMÔNIOS E DEIXO O EXORCISMO EM SUA BOCA PARA OUTRO DIA. FAÇO-ME O PALHAÇO, ATÉ ARRISCO SONHOS EM CREPOM MESMO SENDO PÉSSIMO EM ARTES MANUAIS. NO SEGUNDO EM QUE ELA FALA COMIGO REALMENTE AS TRISTEZAS PARECEM BANAIS E QUASE LEVITO. TUDO PORQUE ELA TEM SUPERPODERES, É CAPAZ DE CADA COISA. ELA ME FAZ RIR, O PALHAÇO, COM SEU OLHAR SAGAZ, DELICADO, LÚDICO. ELA É A POESIA QUE ABASTECE O ROCK AND ROLL DOS MEUS DIAS. ELA É LUIZA COM "Z" NA CARTEIRA, COMO A DO TOM, MAS NA ESSÊNCIA É "LUISA" COM "S", A DO CHICO. QUEBRO A CABEÇA PARA AGRADAR A LUIZA. E TER, EU, UM POETA MENOR, A MINHA LUIZA.

If you see her, say hello

Ele acordou com vontade de fumar. É estranho, geralmente isso nunca acontece. As manchas nas pontas dos dedos denunciam que as noites já costumam ser enfumaçadas, ele não precisa que suas manhãs também sejam. Era uma manhã bonita. Céu azul, sol, era fim de julho, porém inverno. Estava bonito, não estava quente como costumam ser os dias de sol nos trópicos, estava agradável. O ar em sua volta não estava agradável. Ele não sabia direito qual era a razão. Queria algum significado, pelo menos entender o aperto no peito. Queria um cigarro.

ENROLOU UM POUCO ANTES DE COMEÇAR SUA ROTINA, QUE CONSISTIA BASICAMENTE EM ENCONTRAR AS FORÇAS NUMA XÍCARA DE CAFÉ, TOMAR BANHO, VESTIR QUALQUER CAMISETA E SENTAR DIANTE DA TELA EM BRANCO E REZAR PARA QUE AS PALAVRAS CHEGUEM SEM DOER MUITO. NESSA ENROLADA PASSOU OS OLHOS NUMA REDE SOCIAL DE FOTOS QUE PARTICIPA, AINDA QUE SEJA CONTRA REDES SOCIAIS VIRTUAIS. SÓ QUE EM VEZ DE FOTOS, SÓ TINHAM POSTADO MENSAGENS. ACREDITOU MAIS UMA VEZ NÃO PERTENCER A ESSE MUNDO. LEMBROU DE UMA FRASE DE PAULO FRANCIS: "CHEGUEI TARDE DEMAIS NUM MUNDO MUITO VELHO". ALGO ASSIM. NO MEIO DAQUELE MAR DE PALAVRAS EM VEZ DE IMAGENS QUE DIRIAM MAIS DO QUE MIL DAQUELAS, CITAÇÕES DUVIDOSAS DE CLARICE, VERISSIMO, CAIO FERNANDO, JABOR E ATÉ DO JÔ SOARES. NÃO ACREDITOU EM NENHUMA DAQUELAS FRASES. NEM SENTIU VONTADE DE ESCREVER ALGUMA.

O pescoço doía, mas se sentia mais a fim de ficar ali, com dores no corpo, do que atrás de um renovador banho de sol invernal. Talvez ali conseguisse ficar invisível durante um tempo, caso o celular não tocasse. Poderia não atender, depois dizer que estava dirigindo ou no banho, caso cobrassem. Poderia não falar com ninguém, não mandar uma mensagem, nem ler. Nem ler mensagens edificantes e mentirosas de Clarice, Verissimo, Caio Fernando, Jabor e até do Jô Soares, que os próprios provavelmente nunca escreveram – se escreveram, enganaram. Nutriu uma pequena vontade de que quando não desse mais e tivesse que pisar no chão frio, fosse 1991, 1967 ou até 2010, já estava bom, daria pra fazer uma série de coisas de um jeito diferente.

Olhou para o celular. No fundo, ele sabia. Naquele dia fez três anos. Por onde ela anda? Era meio-dia e o aplicativo de troca de mensagens avisou que ela tinha sido vista por último meia hora antes. Pra onde será que ela foi? O pouco dela que sobrou três anos depois vive somente num aplicativo de mensagens instantâneas, num mundo virtual cheio de mensagens falsas de Clarice, Verissimo, Caio Fernando, Jabor e até do Jô Soares. Ela provavelmente deve gostar dessas frases, ele não sabe, não a segue, é melhor assim. Ele quase escreveu uma mensagem, mas diria o quê? Só um "oi" resolveria? Talvez, mas não iria adiante. Se tivesse pulado da cama e enfrentasse o sol gostoso de inverno talvez a encontrasse por aí. Meia hora antes ela tinha sido vista virtualmente, agora já devia ter caído no mundo. Já devia ter programado o dia, estaria almoçando com outro, combinado um fim de semana com outro, outro que nunca deve realmente ter lido Clarice, Verissimo, Caio Fernando, Jabor e até o Jô Soares. Talvez ele só quisesse mesmo dizer "oi". Caso a veja, diga por mim. Será que por um segundo ela pensou nele e lembrou que três anos se passaram? Não, provavelmente não. O mundo não é assim, uma comédia romântica surreal, um filme com final feliz. O mundo é de mensagens falsas de Clarice, Verissimo, Caio Fernando, Jabor e até do Jô Soares. Ele queria dizer somente um "oi". Acendeu um cigarro.

Pale blue eyes

Era uma cena perfeita, como os roteiros que ela escreve. Ele do lado de fora de seu escritório, tentando equilibrar o peso daqueles dias longos, chuva fina, céu cinza, como são os céus das cidades do outro lado da Via Dutra. Uma pseudomelancolia o arrebatou quando ele viu a cena que ela desenhou. Um sentimento maluco para maluco, que viaja na musa que só existe em sua imaginação. Em dois fraseados a imaginação dele resgatava uma crônica do Rubem Braga, que tinha uma bênção, dizia coisas do tipo "benditos os que te amaram e os que te maltrataram; bendito o artista que te adorou e te possuiu, e o pintor que te pintou nua", prossegue com "bendito o raio que fez saltar teu cavalo, e o mormaço que te fez inquieta e aborrecida, e a lua que te surpreendeu nos braços de um homem escuro entre as grandes árvores azuis" e encerra, magistralmente, com "bendito seja todo o teu passado, porque ele te fez como tu és e te trouxe até mim. Bendita sejas tu". Ele não tem a elegância dos sentimentos do Braga, talvez porque ele, o mestre cronista, via tudo da sua janela em Ipanema, o que torna tudo na vida mais razoável. Sentiu ciúmes, uma pseudomelancolia. A vida é triste, Braga, mesmo que seja só na loucura.

PORQUE A CENA DELA PERFEITAMENTE SE ENCAIXAVA NOS ROTEIROS MALUCOS QUE ELE ESCREVE. OS DOIS ALEGRES DEPOIS DE MUITOS CHOPES NO BAIXO GÁVEA. O RISO E OS PASSOS TORTOS, OS BRAÇOS QUE SE TOCAM E AQUELE CALOR QUE BATE INTENSO E RÁPIDO E EXCITANTE NO CAMINHO DE CASA, NO ESCURO, ENTRE OS COADJUVANTES DA VIDA NA CALÇADA. O PRIMEIRO FRIO NA BARRIGA, O PRIMEIRO BEIJO, O PRIMEIRO AR DO PERFUME DELA, A PRIMEIRA FALTA DE AR. A NOITE QUE NUNCA ACABA, AS HISTÓRIAS DELA, AS PIADAS DELE. GARGALHADAS, ENGOLIDAS A SECO, SUSSURROS E GRITOS ABAFADOS SEM HORA PRA ACABAR. A VIDA SE DESENROLANDO NUM FINAL FELIZ AINDA QUE MOMENTÂNEO. FELIZES PARA SEMPRE POR AQUELE DIA. ESSES COSTUMAM SER OS MELHORES, OS QUE A GENTE GUARDA.

No roteiro dele nunca rodado, ele passaria seus dias ouvindo os discos dela, suas músicas favoritas. Leria seus livros, perguntaria o que a inspira. Acenderia seu cigarro. Mergulharia em sua fumaça, descobriria alguns dos segredos de seu castelo de pedras. Colocaria café na sua xícara favorita. Sentiria ódio dos que a amaram e a maltrataram. Tentaria ocupar os espaços na cama com coisas em comum. Tentaria ocupar um canto na prateleira sentimental dela das experiências perfeitas. Queria ser o protagonista dessa vez, não o espectador crítico. Papel principal de uma dessas histórias que temperam as nossas vidas e nos fazem sentir vontade de levar sol na cara. Faria um trato: essa semana ele conheceria seus amigos legais e os impressionaria com frases espirituosas bem colocadas. Mas na semana que vem ela conheceria os dele.

Mas a vida não é um roteiro como ela escreve. A vida é triste, Braga. A vida não é Ipanema, a vida é a várzea do Xico Sá, a vida é o mundo estranho do Lou Reed. Você fica triste, você fica feliz, você comete os mesmos erros. Ele fica louco com ela. Ele é maluco e ela o deixa louco. Mas ele não consegue deixar de se perder naqueles olhos. Linger on.

Acrilic on canvas

Uma artista plástica morou por aqui durante alguns meses. Não vi nenhuma de suas obras, mas ela deixou a lembrança de seu sorriso largo, algumas telas e tintas. Nunca voltou pra buscar nenhum dos itens. De vez em quando olho para as telas, ameaço abrir as latas de tinta. Uma noite de desespero cheirei boa parte de algum produto químico numa das latas, não sei dizer ao certo. Ajudou a passar a noite, portanto valeu. Olho para as telas e fico remoendo algumas frustrações. Não ter talento algum para o desenho é uma delas. Mesmo vindo de uma família de artistas reconhecidos na minha pequena cidade natal. E dela. Não da amiga artista. Dela, ela.

A cada período em que passei arrastando correntes e arriscando mentalmente algumas pinceladas nas telas perdidas, tinha um tipo de desenho em mente. No começo queria desenhar muito, cobrir a tela de traços, linhas, fios de cabelos desgrenhados, olhares hipnotizantes, boca séria. Em outros momentos queria reproduzir o sorriso encantador, flores na cabeça e vestidos amarelos. Com o tempo, os traços começam a querer sair de forma mais minimalista. Hoje em dia, nem sei se quero mais. E a cada dia imagino menos traços.

Hoje têm os olhos – sempre os olhos – agora acalentadores, como foram alguns poucos momentos. Um ou outro fio desenhando o rosto. E a boca num sorriso calmo. Imaginar esse desenho pronto me acalma, como se eu estivesse fazendo a minha parte nesse jogo louco do acaso. Alguém me diz que fazer minha parte seria apagar tudo e desenhar outra coisa. Um novo amor. Uma paisagem, natureza morta. Ou partir para o surrealismo já comum da mente entorpecida de cada noite. Não sei desenhar paisagens, natureza viva ou morta e muito menos emular Dalí. E, principalmente, não preciso de um novo amor. Já tenho um, por que empilhar outros? Uma tela é suficiente, não acredito em substituições na vida. Que cada cena se desenhe em formas e cores diferentes.

ÀS VEZES É DIFÍCIL ESQUECER:

"SINTO MUITO, ELA NÃO MORA MAIS AQUI"

MAS ENTÃO, POR QUE EU FINJO
QUE ACREDITO NO QUE INVENTO?
NADA DISSO ACONTECEU ASSIM
NÃO FOI DESSE JEITO
NINGUÉM SOFREU
É SÓ VOCÊ QUE ME PROVOCA ESSA SAUDADE VAZIA
TENTANDO PINTAR ESSAS FLORES COM O NOME
DE "AMOR-PERFEITO"
E "NÃO-TE-ESQUEÇAS-DE-MIM"

O desenho que eu tenho hoje é lindo, como ela sempre foi. É mínimo, como as lembranças estão ficando. Tem os fios, os olhos, a boca. E um ar de esperança, de que tudo pode ser mais calmo e diferente, sem correntes arrastando-se madrugada adentro e acordando a vizinhança. Fico imaginando o que ela acharia do desenho. Seria a prova de amor que mexeria outra vez com as suas vontades? É lindo. Um desenho que a convencesse do tamanho do sentimento. Já que as palavras não surtiram efeito.

Lições da cultura pop:

Vício inerente

É MAIS UM DAQUELES DIAS PERDIDOS. VOCÊ OLHA PELA JANELA TENTANDO VER NÃO SEI O QUÊ. MIRA O CÉU PROCURANDO POR ALGO QUE JÁ PASSOU. PROSTRA-SE NUM CANTO DA SALA, ENTREGA-SE AOS EFLÚVIOS MALÉFICOS DA MAROFA, OUVE DISCOS, NÃO ESCUTA NADA QUE ESTÃO CANTANDO. ATÉ QUE, COMO UM SONHO, UM DELÍRIO, ALUCINAÇÃO, ELA APARECE. LINDA, LOIRA, SORRISOS E FRASES CERTEIRAS, OS ELEMENTOS QUE TE HIPNOTIZARAM UM DIA. MAS ELA ESTÁ DIFERENTE. ELA SACRIFICOU ALGUNS PRINCÍPIOS EM TROCA DE ALGUNS ATALHOS, UMA PROMESSA DE CONHECER UMA CIDADE NO EXTERIOR OU ETERNOS PASSES LIVRES EM FESTAS IMPORTANTES. SÓ QUE ELA PRECISA DE VOCÊ. DE UM FAVOR. SABE QUE VOCÊ VAI AJUDAR. SEU CORAÇÃO NUNCA DESAPARECEU DAQUELAS MÃOS. E VOCÊ SE ENTREGA, MAIS UMA VEZ, A UMA SÉRIE DE ROUBADAS SÓ PARA AGRADÁ-LA, SABENDO QUE ELA VAI EMBORA DEPOIS. DE NOVO.

Essa é a premissa do filme *Vício inerente*, obra-prima do diretor Paul Thomas Anderson, responsável por clássicos como *Magnólia, Boogie nights, Sangue negro* e *O mestre.* O longa é uma viagem, calcada em diálogos, frases, pensamentos, vozes, baseado no livro homônimo de Thomas Pynchon. Joaquin Phoenix está genial no papel do protagonista. Katherine Waterston, arrebatadora.

NO MUNDO REAL, VÍCIO INERENTE, NO JARGÃO COMERCIAL, É O TRANSPORTE DAQUELE TIPO DE CARGA QUE PODE NÃO CHEGAR INTEIRO NO SEU DESTINO. O RISCO QUE NÃO SE PODE EVITAR. POR EXEMPLO: EM UM CARREGAMENTO DE COPOS, ALGUNS PODEM ESTILHAÇAR-SE NO CAMINHO, O CHOCOLATE DERRETER, OS OVOS QUEBRAREM E TANTO QUEM ENVIA COMO QUEM RECEBE JÁ ASSUME ESSE PERIGO. NO MUNDO MODERNO, VÍCIO INERENTE DEFINE UM TIPO DE RELACIONAMENTO CADA VEZ MAIS COMUM. AQUELE EM QUE, POR ALGUMA RAZÃO, VOCÊ FICA PRESO NAQUELA PESSOA E, POR MAIS QUE ELA MESMA TE MOSTRE QUE NUNCA DARIA CERTO E SÓ TE FARIA SOFRER ESTANDO AO SEU LADO, VOCÊ AINDA QUER ENTRAR NAQUELA ROUBADA. SÃO OS FAMOSOS AMORES TÓXICOS.

É um vício. Uma droga e, tal qual, essa pessoa te inebria por alguns instantes (o efeito bom), o que te leva a querer mais e também a perder o juízo, colocar-se em situações em que você é capaz de penhorar tudo para satisfazer esse amor maluco. Gente que troca de religião, de hábitos, gostos, para se adequar cegamente ao que prega aquele vício disfarçado de paixão sublime. Quando você percebe, está repetindo sem pensar conceitos, teorias, neuroses, certezas que nunca foram suas. Porque você se acha inferior, não merecedor das pequenas doses que aquele delírio lhe fornece, anular-se parece ser o melhor caminho para agradar. E você mergulha, sabendo e não se importando com o risco de terminar essa viagem em farrapos. É o vício inerente.

Esse vício chega de mansinho. Em qualquer idade, saldo bancário, no meio do gole ou na ressaca. É a porta de entrada para uma droga ainda mais perigosa: o casamento tóxico. Aí fica mais difícil e mais caro de fazer o detox.

Não dá pra evitar e ver o vício chegando, mas é fácil de perceber e procurar fugir depois da primeira dose. É só se olhar no espelho e não gostar nada do que enxergar. Perceber o menino acanhado sobre os ombros dela no reflexo, como diz o samba. No pequeno espaço de um espelho ou de um retrato que se carrega na carteira da memória, guarde aquelas de felicidade sã. E chegue inteiro do outro lado.

O que as
mulheres
querem?

É SÓ UM MACHO ENTRAR EM ROTA DE COLISÃO COM A SUA SENHORA, QUE VEM AQUELA CLÁSSICA PERGUNTA QUE ATORMENTA AS CABEÇAS MASCULINAS, E NEM FREUD SOLUCIONOU: AFINAL, O QUE AS MULHERES QUEREM? ESSA PERGUNTA COSTUMA SER RETÓRICA, NO MÁXIMO ACOMPANHADA DE UM MUXOXO COMO RESPOSTA, TALVEZ UM "NUNCA SABEREMOS" CONSOLADOR. MAS, SEM QUERER MENOSPREZAR SIGMUND, A GENTE OBVIAMENTE NÃO CONHECE OS MEANDROS DA MENTE FEMININA COM A MESMA AUTORIDADE QUE EXPLICAMOS O ESQUEMA TÁTICO DA DINAMARCA NA COPA DE 86, MAS, SIM, SABEMOS UM POUCO DO QUE ELAS QUEREM.

Você sabe que ela quer sair para ouvir uma música, tomar uma cerveja, em vez de ficar mais uma noite em casa vendo filme na TV e, provavelmente, com a incumbência de cuidar dos tira-gostos. Também dá para desconfiar quando ela quer somente ficar no sofá, receber cafunés, um abraço apertado, do que de novo sair para encontrar nossos amigos bêbados e barulhentos em um pé--sujo desses que tanto gostamos.

Dá para sacar quando ela quer aquela noite de pegada forte, de beijos intensos, puxadas de cabelo, mordida no pescoço, roupas arrancadas em movimentos febris, madrugada inteira entregue aos instintos animais mais primitivos e deliciosos que todos nós gostamos – se você não gosta, vá procurar ajuda. Também não existe muito mistério quando a gente percebe que, depois daquela semana exaustiva no trabalho, tudo que ela quer é tomar um banho e falar, falar, falar de tudo que a tirou do sério. E você só precisa ouvir. Não é um trabalho exaustivo, vai. Ouvir faz parte da parceria, da amizade, quantas besteiras você já não teve que ouvir de amigos mala, não vai ouvir as reclamações da sua mulher? É normal. De repente até, devagarzinho, você abre um vinho, vai na manha, e depois dela descarregar o peso que a incomodava através das palavras, você faz um carinho, um beijinho no pescoço, e a noite termina do jeito que começou esse parágrafo.

NÃO É TÃO DIFÍCIL QUANTO ENTENDER O QUE DJAVAN CANTA COMPREENDER QUE EM ALGUNS DIAS DA SEMANA TUDO QUE ELA QUER É SAIR SOZINHA, ENCONTRAR AS AMIGAS, BEBER, DAR RISADA E, PRINCIPALMENTE, SE QUEIXAR DA GENTE. FAZ PARTE DO JOGO, A GENTE NÃO FALA ENTRE AMIGOS QUE TODAS AS MULHERES SÃO LOUCAS? SÃO, SIM, GERALMENTE NA MESMA MEDIDA QUE A GENTE É. E QUE ELAS SÓ QUEREM CONVERSAR ENTRE ELAS, SEM FICAR RECEBENDO MENSAGEM ATRÁS DE MENSAGEM PERGUNTANDO ONDE ELA ESTÁ, QUE HORAS VOLTA, O QUE ESTÁ FAZENDO, AQUELE ENCHIMENTO DE SACO QUE NÓS MESMOS ODIAMOS. DEIXA ELA.

ELA TE AMA, MAS NESSES MOMENTOS EM TURMA, ELA QUER SABER DA TURMA, NÃO TEM NADA A VER COM VOCÊ.

E, principalmente, como nos ensinou uma vez o mestre Xico Sá, as mulheres gostam de massagem: nas costas, nos pés e, muito importante, no ego. Se você sabe que ela foi ao salão de beleza, não custa já garantir um elogio na manga pra quando ela voltar. Elogie o corte de cabelo, mesmo que você não faça ideia do que ela efetivamente mudou. Quando passar pela gôndola do supermercado para encher o carrinho de cerveja, não custa levar aquele chocolate mais afrescalhado (70% de cacau, que não engorda), um presentinho simples que faz toda a diferença. Um presentinho simples que vem junto com uma mensagem enorme: pensei em você.

Enfim, o que as mulheres querem? Nossa atenção, nosso carinho. O mesmo que a gente quer das mulheres. Não é um mistério assim tão complicado. Basta um pouco de boa vontade. O que não dá pra entender mesmo nessa vida são mistérios maiores, como o que aconteceu com Ronaldo na final da Copa de 98, por que as pessoas ouvem Gusttavo Lima ou riem dos filmes da Ingrid Guimarães.

Lições da bola: quem marcar, ganha

Algumas mulheres se gabam de que os homens nunca poderão sentir a emoção que é ter um filho. Mas, rá, a gente tem uma carta na manga. As mulheres certamente nunca irão sentir a extrema sensação que é fazer um gol num "quem marcar, ganha".

O "quem marcar, ganha" é o seguinte. A pelada já está empatada há algum tempo e acontece um evento do tipo "preciso resolver um lance pra minha mãe", "está tarde e amanhã trabalho cedo", "minha mulher já me ligou duas vezes" – ou todos esses eventos ao mesmo tempo. E é preciso desempatar. É quando alguém lança: "quem marcar, ganha".

Nesse momento, partidas modorrentas se transformam em batalhas épicas. Jogadores medianos viram guerreiros, movidos sempre pelo nobre pensamento: "Não podemos deixar esses filhos da p...ta marcar". Fazer esse gol te eleva à condição de ídolo por um dia entre a turma. Você caminha diferente pelas ruas. Os donos dos bares te dão guaraná grátis. As mulheres viram o pescoço quando você passa – mentira, mas você imagina que sim.

JÁ FIZ ESSE GOL. E FOI UM GOLAÇO. UM LANCE QUE NUNCA SAIU DA MINHA MEMÓRIA. ACONTECEU HÁ, SEI LÁ, 18 ANOS, TARDE DA NOITE, NUMA QUADRA LÁ EM APARECIDA. FOI ASSIM: ATAQUE DOS CARAS, VEIO TODO MUNDO, A BOLA FICA NUM BATE E REBATE PERIGOSO DENTRO DA NOSSA ÁREA E SUBITAMENTE SOBRA PRA MIM. EU ESTOU ENTRE DOIS DOS MELHORES JOGADORES DO TIME ADVERSÁRIO, UMA PRESA FÁCIL.

Num drible de corpo, ameaço dominar a pelota e deixo a bola passar por baixo do pé. Como o time inteiro deles estava na nossa área querendo fazer o gol, saio sozinho com a bola limpa nos pés, só o goleiro à frente e sem tempo para reação da defesa. Eu poderia seguir até a cara do gol, mas um passo depois do meio da quadra, não sei por que cargas d'água, resolvi chutar. O pontapé saiu forte, o goleiro ainda tocou nela, a bola caprichosamente pegou na trave, mas entrou no ângulo. Frio na barriga. Felicidade extrema. Ganhamos, c...ralho!

Em toda a minha vida, vira e mexe e essa cena me vem à memória. Direto me pego repassando o lance na minha cabeça, que por ser avantajada tem bastante espaço e cabe a quadra inteira nela.

Nunca me perguntei o porquê de carregar essa lembrança, hoje eu sei. Esse lance é um resumo da minha vida.

Sério.

Analisemos. Estranhamente nesse lance eu estava fora da área. Gosto de jogar de zagueiro, deveria estar defendendo. Mas estava no lugar certo, na hora certa. Quando recebi a bola, dei o tal genial drible de corpo – que nunca mais repeti na vida inteira. E saí sozinho em direção ao goleiro. Dono da situação, poderia ter avançado mais, pensado e analisado melhor a situação e feito o gol com segurança. Não. Afobado e querendo resolver a parada logo – como sempre –, chutei de longe, arriscando quando poderia ir no seguro, deixando ao acaso o que poderia ser facilmente feito com tranquilidade.

Coloquei tudo a perder: o goleiro quase pegou, a bola ainda bateu na trave, só daí entrou. A consagração quase se transformou num fiasco. A sorte me salvou.

Basicamente, tem sido assim. Tenho ficado no lugar certo, procuro um pouco de inspiração, faço uma ou outra jogada genial, mas no fim sempre fico com a sensação de que a sorte tem me salvado – isso, claro, sem contar as situações várias em que o goleiro pega, ou a bola vai para longe do gol e viro a grande piada do dia. Mas, às vezes, *match point*, a bolinha cai miraculosamente no lado de lá. Não precisava ser assim. Preciso aprender a carregar melhor a bola e esperar o momento certo de finalizar. Acreditar no pequeno talento, que é pouco, mas compensado pela gana. Preciso deixar de ser afobado, 20 anos depois daquela lição. Senão, não vou sair do 0 a 0.

Ela é o meu pedaço de mau caminho

É o cartão, e não as flores. Flores, qualquer um compra. Mas, colocar o coração no papel requer talento, paixão e alguma dedicação à pessoa especial. É o que realmente conta, muito mais do que o presente mais caro que você comprar. Acredite, meu amigo.

Deixe fluir tudo que você sente. Pense nos bons momentos que passaram e naqueles que virão. Nos incontáveis Dias dos Namorados que vocês ainda comemorarão. Pode ser uma declaração musicada. A boa, velha e imbatível coletânea. Nesse caso, a dificuldade é maior – não vale comprar aquelas prontas, com títulos horríveis como Lovy Metal ou Ballads Forever. Nem baixar na internet as musiquinhas da novela.

Você tem que olhar para os seus discos e deixar fluir – assim como no papel. Usar a poesia dos outros a seu favor. Costuma levar horas. E ela, meu amigo, ela merece. É por ela que eu levanto todos os dias da cama. Por ela que eu respiro, que escovo os dentes.

PENSO NELA, OLHO PARA OS DISCOS. SEUS CABELOS, PRETOS, SOBRE O OMBRO. SEU OLHAR MISTERIOSO. SEU CORPO LINDO, SUA BOCA MARAVILHOSA. COMEÇO COM UMA CANÇÃO DO MEU IRMÃO GABRIEL E SEUS AUTORAMAS. APROPRIADAMENTE CHAMADA MÚSICA DE AMOR, ONDE ELE DIZ "COLA SEU OUVIDO NA CAIXA DE SOM (...) POSSO ME INCLUIR NO SEU DIA?/ SER VISITA IMPREVISÍVEL PRA DEPOIS/ POSSO FAZER SUA TRILHA?".

Aí vai sua trilha, meu amor. Pode ser numa canção, pode ser no coração, o que eu quero é ter você por perto (*Por perto*, do Pato Fu). Porque eu só penso em você e até quem me vê lendo o jornal, na fila do pão, sabe que eu te encontrei (*Último romance*, Los Hermanos) e que eu vou te amar enquanto houver estrelas no céu, pois só Deus sabe o que seria de mim sem você (*God only knows*, Beach Boys).

Afinal ela é a minha pista alucinada, a mais concorrida das baladas, meu inferninho. Ela é meu esporte radical. Poderosa, viciante, mas não faz mal. Meu docinho. Ela é o que o meu médico receitou (*Meu esquema*, Mundo Livre S/A).

Eu tenho uma camiseta escrita eu te amo (Wander Wildner), mulher, que assim como a minha teimosia, será uma das armas para te conquistar para sempre, diz que eu sou seu lírio e você é minha rosa (Jorge Ben). Abra os braços pra me guardar, que eu todo vou me entregar, começo meio e fim e a minha cuca ruim (*Pra ser só minha mulher*, Otto). Porque eu realmente te amo e não consigo parar de pensar em você (*Hard luck woman*, do Kiss), em nós dois, passeando sob a chuva (*Two of us*, Beatles). Dia e noite, você é a única, seja sob a lua ou o sol (*Night and day*, Frank Sinatra).

Você é o meu pedaço de mau caminho, a medida certa para o meu carinho, a coisa mais linda que eu já conheci. É um sonho bom que virou verdade, que me trouxe paz e felicidade (*Pedaço de mau caminho*, Reginaldo Rossi). Mas, você tem que jurar que me ama! Se você fingir, mulher, a orgia assim não vou deixar (*Se você jurar*, Ismael Silva). Enfim, façamos um trato: eu coço suas costas e você coça as minhas (*Nobody loves you...*, John Lennon).

Na sua trilha, meu bem, ainda tem Johnny Cash, o homem de preto, cantando "que quando eu penso no amor, é sempre sobre você" (*In my life*). Pode me chamar de sentimental, eu não ligo. Porque é apenas por amor que eu vou em frente e é por amor que eu reduzo. Por amor eu fico o dia todo querendo te ver (*Por amor*, Ira!).

Para fechar, canto no ouvido dela que essa paixão não é passageira, que dessa vez é para sempre (*I believe when I fall...*, Stevie Wonder). Pra você ser só minha mulher.

Lições da bola:

ser corintiano é se apaixonar pela mulher errada

"Eu sempre fui estrangeiro em tudo. Meu nome é muito diferente, eu era diferente de todo mundo da classe. Sou judeu, tinha uma cultura diferente das outras pessoas. Mas também não tinha uma educação religiosa, então nem com os judeus eu me encaixava. Quando decidi ser ator, eu era burguês demais para os atores e ator demais para os burgueses. Continuava desencaixado. Em casa, meus pais falavam polonês, a gente também comia uma comida diferente. E eu não sou polonês. Não me encaixava em nada. Aí fui para o Pacaembu. Quando eu vi a torcida do Corinthians cantar, eu me senti finalmente parte de alguma coisa. Ali no meio da torcida não importava idade, religião, sexo, qualquer coisa. Ali era, finalmente, o meu lugar." O depoimento é do ator Dan Stulbach, o melhor da nossa geração.

O QUE É SER CORINTIANO, AFINAL? NÃO TEM EXPLICAÇÃO. APESAR DOS RIVAIS ODIAREM QUANDO A GENTE DIZ ISSO, É VERDADE: TEM QUE SER PRA SABER. É UMA PAIXÃO ÚNICA, PARTICULAR.

Razão e paixão não andam de mãos dadas, não se misturam, água e óleo, verde e preto. Não existe razão onde há paixão. Onde não existe explicação, sobra instinto, descontrole, amor, ódio, alegria ou decepção. Na exata proporção onde não se pode prever ou definir algo mais próximo de todos, o amor, também não dá para esmiuçar a paixão pelo seu clube de futebol. Por exemplo. Ela não te dá a mínima e vez por outra – sadicamente – te lança alguns sorrisos que renovam esperanças, mas não são nada mais do que migalhas de alegria para te manter escravo e aí, quando isso acontece, é mais ou menos como ficar anos e anos num jejum de títulos, vendo o seu time perder sempre nas finais. Tanto no futebol como no amor, a perspectiva de momentos de aflição para os de prazer é de 99 para 1.

No meio dessa paixão toda, tem o corintiano. O Corinthians é a alegria, o amor, a decepção, a fé, o desespero. A Fiel é o melhor terapeuta que existe. Dia desses precisava renovar as forças. Sozinho, sentei na arquibancada do Pacaembu. Saí de lá renovado. Vida nova.

Quando criança queria ser o Casagrande. Sócrates é um dos meus maiores ídolos, ao lado de, sei lá, John Lennon e Woody Allen. Neto pra mim foi uma espécie de Che Guevara alvinegro. Tevez dava aulas de comportamento na vida a cada partida. A camisa que mais vesti em toda a minha existência é a listrada preta e branca. Corinthians é minha vida.

Mas, por quê? Não sei. Amor não tem explicação. Coloca aí: fanatismo. Só quem é corintiano sabe da dor e do prazer de torcer para o alvinegro do parque, pois nesse caso, mais do que nunca, a vida do time se confunde – realmente – com a própria existência do torcedor.

Apenas um mosqueteiro conhece os perigos que espreitam até mesmo os caminhos mais conhecidos. Porque ser corintiano – assim como o próprio time – é se complicar nos momentos mais fáceis, é meter os pés pelas mãos, é se apavorar nos momentos onde a calma é necessária, é sempre se apaixonar pela mulher errada, é esperar pelo desastre ao dobrar a esquina. Mas também é superar as piores adversidades, é ter raça, nunca desistir; e lutar até o último instante pela vitória, mesmo que ela demore mais de 100 anos pra chegar. Corintiano sabe no sangue que, assim como a música, é preciso ter gana sempre.

Como diz o próprio hino, o Corinthians é, "do Brasil, o clube mais brasileiro". É isso mesmo. O brasileiro não tem imunidade parlamentar, anda de ônibus, não tem conta na Suíça, parentes importantes, anel de doutor, carro importado. O brasileiro vive o dia a dia com a dramática imprevisibilidade posta em cena cada vez que a camisa alvinegra entra em campo. Nesse salto no abismo, nada é seguro. A vida, como escreveu Xico Sá, é uma várzea.

Por isso, salve o Corinthians. Ser corintiano é sempre se apaixonar pela mulher errada. E acreditar que tudo vai dar certo no final. Não existe nada melhor.

Você tem o que precisa

Te ver é como a introdução de *You can't always get what you want*, dos Stones. Vem num violãozinho acalentador, como aquele abraço que te faz acreditar que o pior vai passar logo. Mas não passa. A vida, como a canção de Jagger e Richards, vira uma farra que joga na tua cara que "você não pode sempre ter tudo que quer". Do lamento à euforia, começo e fim calcado numa frase negativa. Ver-te de novo ou nunca mais te ver, o que é pior? Pior é te ver de novo.

Dá vontade de saber de você. E saber de você é saber que você tem um novo amor. Fico feliz, ele parece ser um cara legal. Muito mais legal do que eu, certamente. Certamente apaixonado por você, não o culpo, você é apaixonante. Te ver dá saudade. Dá saudade do que a gente não viveu.

Lembra da viagem do Rio? Não fomos. O dinheiro mais fácil que o locatário deve ter recebido. Você nem quis saber, nem quis conhecer minhas razões, me chamou de mentiroso. Ofendeu-me. Chamou-me de maluco, que eu tenho desvio de personalidade. Devo ter, não sei, até gostaria, poderia me ajudar a buscar novos caminhos para minhas ideias, cada vez mais das mesmas.

POR RAZÃO DO OFÍCIO, ACHO GRAÇA, JOGO NA TELA EM BRANCO. DEPOIS DE MIM VOCÊ QUASE CASOU COM UM CARA COM GRAVES PROBLEMAS MENTAIS, LOUCO PARA QUEBRAR TUDO. DEPOIS ARRUMOU OUTRO, QUE TE CONTROLAVA EM CADA PASSO. EU, SE MENTI, FOI SOMENTE POR UMA RAZÃO: FICAR UM TEMPO PERTO DE VOCÊ. ESQUECER O MUNDO E PASSAR UNS DIAS VENDO SEU SORRISO DE PERTO, OUVINDO SUA VOZ, SABENDO DAS NOVIDADES. OH, GRAVE CRIME QUE COMETI! MENTIR PARA PODER TE AMAR MAIS UMA VEZ E TENTAR TE FAZER FELIZ POR UM FIM DE SEMANA. CASO DE INTERNAÇÃO, REALMENTE.

Sim, devo ter um desvio. Por ainda sentir saudade. Por sentir vontade de te ver, por imaginar o que estaria fazendo agora, provavelmente pensando nas eternas contas a pagar ou no trabalho para entregar no curso. Aflita, provavelmente. Sinto saudade de te ver aflita, de te ver lutando com a tela do computador, com as ideias. Admito, sinto saudades de você de qualquer jeito, até estendendo as roupas no varal. Sinto saudades de momentos com você, nem que seja só para ouvir uma música. Ou tomar um suco. Preciso de você de qualquer jeito, de você para tomar um suco.

Qualquer você. Você brava, você doce, você sem roupa, você no meio da sua bagunça. Sinto falta de você, de mim e de nós.

Sinto falta de te contar novidades.

Você tem um novo amor. Ele é um cara bacana, muito mais bacana que eu. Deixo-te com um beijo na testa e a velha promessa de amor eterno. Esqueço que as pernas precisam do coração e o deixo de lado, vazio, enquanto me afasto, com uma oração numa das mãos e um revólver noutra. Entre o desespero e a salvação, sem dinheiro no banco e com severas dívidas sentimentais vencendo. Várias músicas me consolam. *I got what I need.*

A tal da
saudade

O PROBLEMA É A SAUDADE, ELA ME DISSE.

Não sei se é porque geralmente eu escrevo esses textos "mela-cueca", como já me rotulou uma amiga certa vez – o que pegou pior pra ela, já que o uso dessa expressão denota que a moça já tem certa idade –, ou se é o tom majoritariamente trágico das experiências amorosas que relato que faz com que algumas amigas venham bater um papo quando a coisa aperta. Eu adoro. Falar, ouvir e escrever sobre relacionamentos humanos nessa época confusa é um dos meus esportes favoritos – o outro é ver Elias, Danilo e Jadson darem show sobre a defesa tricolor.

Retomando: o problema é a saudade, ela me disse. Recém-desembarcada de um relacionamento tumultuado, mesmo sentindo que no fundo foi melhor assim (e que o sonho de viver eternamente feliz ao lado dele, com casa, filhos e cerquinha branca, não era nada além disso mesmo, sonho), a danada da saudade pegava nos momentos de solidão. Não vou aliviar, minha cara: pega mesmo, demora pra passar e essa melancolia dói. Bastante.

Como ainda não inventaram remédio para curar a dor de cotovelo, quer dizer, inventaram, mas a ressaca do dia seguinte traz tudo de volta em dobro, geralmente acrescida de novas burrices cometidas, o jeito é enfrentar. Como costuma dizer meu amigo Xico Sá, "quando o coração dói, uísque caubói". É clichê, mas a verdadeira verdade é que o tempo realmente cura, minha querida. O segredo é conseguir controlar a saudade e a nostalgia enquanto os dias vindouros fazem o trabalho sujo.

Enquanto isso, lembre. Exorcize os momentos ruins, celebre as lições aprendidas, solte um sorriso de canto de boca com as músicas, viagens, piadas, filmes, lembranças boas. Não tente esquecer, é impossível. Eu sou assim. A nostalgia vive em mim. Tudo sempre vai me acompanhar: quem eu amei, aquela ingrata que me fez de trouxa e amassou meu coração; aquela que me amava e eu pisei na bola. Até mesmo as vezes em que o ataque tricolor deu show sobre a defesa alvinegra ou aquele emprego idiota que acabei aceitando. Isso sempre vai estar comigo, não adianta, não dá para se livrar da memória. Ainda. Portanto...

Mas essas memórias, que no começo podem ser tristes e melancólicas, transformam-se em combustível para os próximos passos que daremos em todas as estradas da vida. Suas relações serão melhores com base em tudo o que viveu. Seu repertório de vida, atitudes, acertos e roubadas nortearão os novos rumos em que você se enfiar. A saudade, cara amiga, vira experiência e mesmo as situações mais esdrúxulas serão ridicularizadas nas mesas de bar. Quando isso vai acontecer? Não se sabe. Uma hora acontece. Você vai acordar, minha cara, com vontade de tirar o luto, parar de olhar as redes sociais do ex, tirar fotos linda com flores no cabelo e vestidos decotados nas costas, vai flanar por aí leve, alegre, faceira, disposta a encarar as novas roubadas que a vida lhe trouxer. Tudo aquilo que doeu vai se reciclar em energia para te fazer levantar da cama com um sorriso no rosto e reclamar sua parte nessa festa com hora pra acabar chamada vida. O problema é a saudade. Dói. Pega. Passa. Transforma-nos.

A mulher e a música: Pra sonhar, Marcelo Jeneci

Têm imagens que fazem a sua cabeça na hora. Um raio de sol bem encaixado. Uma luz bonita. A estampa de uma camiseta, a alegria da comemoração de um gol. Uma cena que faz toda a diferença, que te inspira, salva dias. Me fez a cabeça vê-la indo, saindo de cena, em fuga do barulho, segurando os cabelos no topo. Me fez a cabeça aquelas costas, nuas, naquele vestido. Ali, por um instante, o tempo parou. O som deu um tempo. O álcool evaporou. Pensamentos, preocupações, aspirações, verdades, mentiras, anseios, tudo foi varrido, esquecido. Aquele pequeno quadrado em que foquei, entre o pescoço e as costas, emoldurado pelos braços que seguravam os cabelos bateu fundo. Fui atrás.

SE EU QUERO ENLOUQUECER, ESSA É A MINHA CHANCE. É TUDO O QUE EU SEMPRE QUIS. ELA ME CONQUISTOU PELO OLHAR. EU PASSARIA O RESTO DA VIDA SÓ OLHANDO PRA ELA. DESCOBRINDO NUANCES. GETTING HIGH COM CADA CURVA. COM UM FIO DE CABELO FORA DO LUGAR QUE FAZ TODA A DIFERENÇA. COM AQUELE SORRISO QUE FAZ O MUNDO CONGELAR. ENTRE QUATRO PAREDES, FRENTE A FRENTE, ESQUEÇO TUDO E SÓ QUERO VÊ-LA. OUVIR SUAS HISTÓRIAS. E O CORAÇÃO NAQUELA BATEDEIRA, SONHANDO.

Ela tem poderes mágicos. Ela me paralisa com um olhar. Parece que meu mundo é atingido por um tufão, um terremoto. E tudo vira de cabeça pra baixo, como num arco-íris rodante.

Mulheres
impossíveis:
Thalita

THALITA É LINDA. MUITO. VOCÊ DEVE ESTAR IMAGINANDO, MAS É IMPOSSÍVEL COLOCAR EM PALAVRAS A SUA BELEZA.

Ela fala sussurradinho, sem mexer os lábios e faz seu coração bater descompassado. Uma das mulheres mais bonitas que ele já viu na vida. Desde o primeiro segundo que a viu, ficou hipnotizado. Além de tudo, é inteligente, bom papo, divertida, bem-humorada. Ainda tem o sorriso, olhos com o azul mais azul já feito, o jeito que ela segura o cigarro, a voz, o cheiro... Ela nasceu para ser apreciada em câmera lenta. Ele fala primeiro:

– Você sumiu.

– Por que você não faz o mesmo?

– Não quero. Sinto saudades. Quero ficar perto de você.

– Então por que você não fica?

– Acho que eu e a paz não estamos conseguindo ficar num mesmo lugar por muito tempo.

– Por que você me enganou?

– Eu não quis. Sei lá, foi uma maneira de te proteger.

– Grande proteção...

– Sério. Fazia um bom tempo que eu não sentia por alguém o que eu sinto por você.

– Mentira.

– Eu errei. O que não significa que eu não tenha me apaixonado.

– Já parou para analisar o absurdo do que você acabou de dizer? Como pode se apaixonar por alguém e não ficar com essa pessoa? Se você gostou mesmo de mim em algum momento, daria um jeito.

– Difícil é ter coragem de mudar o que já está organizado. O destino poderia dar uma mão...

– Destino, destino... Seja homem.

– Eu tento.

– Não consigo entender como.

– Você acha que eu disse tudo que falei pra você sem propósito? Da boca pra fora?

– Você fala muito, escreve muito, diz cada coisa bonita e não vive nenhuma delas.

– Não vivemos nada bonito?

– Vivemos. Poucas e intensas. Mas em nenhum desses momentos você era inteiramente meu.

– Eu sempre serei inteiramente seu. Você sempre será minha menina.

– Você se autossabota quando se apaixona.

– Para com isso. Besteira sua.

– É verdade. Fica preso nesse passado idiota que inventou.

– Achei que você fosse me salvar desse passado idiota, não me julgar.

– Não é um julgamento, é uma constatação.

– Até quando você vai perder amores, pessoas, momentos, preso nesse passado idiota? Vai ficar vivendo pequenos contos no lugar de um romance de fôlego? Vai ficar pulando de galho em galho para construir pequenas histórias de amor para colocar em um livro que ninguém vai comprar?

– Nele vou escrever que sempre serei apaixonado por você.

– Não faz isso...

Lições da cultura pop: salvo por Natalie Portman

SIM, ELA ESTÁ NA MINHA VIDA HÁ UM CERTO TEMPO. MUITA GENTE COLOCOU UM OLHAR MAIS AGUÇADO EM NATALIE PORTMAN, COM O OSCAR E A ATUAÇÃO PESADA EM CISNE NEGRO. NA MINHA VIDA ELA ESTÁ HÁ POUCO MAIS TEMPO. BOTA AÍ UNS 20 ANOS.

Campinas, 1994. De férias na casa de um tio, uma raridade na minha vida, já que a família é tão unida e franca quanto participante de *reality show* em dia de votação. Nesse dia, por um raro lapso, a família esqueceu um pouco a animosidade e passou um tempo bacana. Rendeu até um cinema. Fui com o meu primo ver *O profissional*. Sensacional. Violento, nervoso. E é ela que se destaca, Natalie Portman, logo na sua estreia, como uma órfã em busca de todo tipo de sobrevivência. E ainda na saída tirei onda e expliquei para o meu primo e sua namorada, sete anos mais velhos, o que o Herbert quis dizer em *Dos margaritas*, sucesso dos Paralamas na época. Orgulho. Não lembro qual foi a explicação que dei.

Aí a vida passa e, como em *Lost*, aparecem mais perguntas do que respostas. O que eu quero pra mim? Quem eu quero do meu lado? Será que é ela? Será que tem um emprego melhor? Preciso parar de fumar? Quem escolhe as camisas do Faustão? Natalie, aos 13, apareceu num filminho independente e ajudou a responder várias.

O filme chama, no original, *Beautiful girls*. No Brasil, ganhou o infeliz título de *Brincando de seduzir*. Talvez por isso muita gente tenha passado batido por ele. Eu mesmo, confesso, resisti bastante antes de levá-lo pra casa. Mas diante do enorme acervo de videolocadoras que existia em Aparecida, no velho ano de 1996 (caralho, 1996!), um dia eu tive que encarar. E se tornou um dos favoritos. O tempo passa, vira e mexe, dou uma olhada.

Se vejo a capa do filme, de cara me lembro dos velhos amigos, idade adulta chegando e a gente virando todas as madrugadas da semana bebendo vinho barato demais, fumando demais, ouvindo música demais, vendo TV demais, lendo gibis demais, sonhando demais com o futuro, tendo ideias demais e loucos pra saber se a vida valia a pena.

É exatamente por tudo isso que passa a rapaziada do filme. Só que eles um pouco mais velhos do que a gente na época. Enquanto ainda estávamos no começo da batalha, o pessoal do filme já está pensando na rendição. Como eu, agora.

Um pianista de bares (Timothy Hutton, em seu melhor papel), pouco remunerado, pensa em aceitar um trabalho burocrático para tentar dar um jeito na vida – ainda que a namorada, bem-sucedida, o apoie na profissão que ama. Mas ele nem sabe se quer mesmo ficar com ela. Um galã (Matt Dillon, excelente) da escola que tem uma namorada perfeita (Mira Sorvino, linda), apaixonada, dedicada, mas insiste em pular a cerca com o velho caso do colegial. E ela é casada, a cidade é pequena. Ainda tem o amigo que não supera um pé na bunda. Outro que está casado, com dois filhos e morre de saudade de quando não tinha responsabilidades. E, ela, Natalie Portman, a adolescente que carrega as respostas para tudo.

Todos eles se encontram para uma reunião dos antigos colegas de escola. O protagonista, Willie, tem que voltar a conviver com o pai, já entregue à melancolia e à falta de fé. Acaba conhecendo a vizinha, Marty (Natalie), 13 anos, dona dos melhores diálogos que já teve na vida. Assim como no filme, é difícil não se apaixonar por uma menina que cita Lou Reed nas suas frases. Mas não é desejo. Ela, ainda menina, esboça ser o tipo de mulher que você, como todo cara esperto, sabe que vai querer ter sempre do seu lado. Chega a cogitar esperar a maioridade.

É incrível como ela consegue enxergar, usando a sua sabedoria e inocência, o que cada um ali está passando e, aqui entra a inocência adolescente, sabe que a resposta pra tudo, na verdade, é bem fácil. Reproduzir alguns diálogos aqui estraga. É melhor ouvir da sua boca. Mas destaco algumas cenas pra você prestar atenção:

— UMA THURMAN ENTRANDO NO BAR LINDA, LOIRA, CASACO PRETO, CACHECOL VERMELHO, BEBEDORA DE UÍSQUE. E PRESTE ATENÇÃO NUMA LIÇÃO: "SERÁ QUE ELA TEM NAMORADO?", UM PERGUNTA. "OLHA BEM PRA ELA, UMA MULHER ASSIM JÁ NASCE COM NAMORADO", OUTRO RESPONDE. GERALMENTE, É ASSIM.

– Na sequência, Willie toca *Sweet Caroline* no piano. Sabe aqueles momentos em que você está gratuitamente feliz ao lado dos seus amigos e que todo mundo ali sente exatamente como você? Esse é um deles. Uma comunhão (ei, gente, lembra do dia de Iemanjá?).

– Rosie O'Donnel explicando o que são as mulheres de verdade. Na época, pareceu exagerado. Hoje, elas são mais ou menos do jeito que ela fala. Anote.

– Nova na área, todos tentam, à sua maneira, conquistar Uma Thurman. Como resistir a uma mulher linda, inteligente, bem-sucedida, moderna, divertida, leve, que entende tudo de música, conhece futebol? O que oferecer para uma mulher dessas? O que será que ela quer? A resposta, mais uma vez, é bem simples: "Existem quatro palavras que eu preciso ouvir antes de dormir:

'boa noite, minha gatinha'. É muito simples, eu sei. Mas o cara que te diz isso todas as noites é o cara que você quer ter do lado". Anote.

– Esse diálogo acontece ao som de *Fool to cry*, dos Rolling Stones. E essa música é de derreter pedra.

– Uma Thurman, de novo, no filme, *Andera*. Ela e Willie, tomando uísque numa cabana no meio da neve, dia chegando e eles listando o que vale a pena. Uma ligação dela no meio do dia. Ela te explicando o significado existencial de cada suco de fruta. O cheiro da pele dela. Bebidinhas juntos. Ler o jornal domingo de manhã. Ver a lua da janela do quarto dela. Ouvir Van Morrison. "É isso. Vá beber com ela. Ler jornal. Ouvir Van Morrison." É isso.

– Foi através do filme que descobri Van Morrison. Um mestre. Doído, bonito, dilacerante. Procure pelo disco *Astral weeks*, mas, em geral, tudo dele vale a pena.

Uma hora e quarenta e cinco minutos depois você desliga a TV sabendo de muita coisa. Que o que realmente vale a pena você precisa fazer de tudo pra guardar, cuidar, deixar perto. Que vale a pena mergulhar e se entregar a isso. Você sabe o que é importante, o que é raro. E, já que é raro, com o perdão da redundância, não acontece toda hora. Cuide. Anote.

QUANTO À VIDA, VALE.

A vizinha da direita

Tem uma moça nova morando na casa do lado direito da minha. Não sei seu nome, nunca ouvi sua voz, não sei de onde ela veio, mas todos os dias eu a vejo indo. Não sei para onde, mas é sempre no mesmo horário que eu também vou. Ela vai a pé, eu, de carro. Vamos pelo mesmo lado, mas ela nunca sugeriu uma carona. Seu semblante é sempre sério. Não o sério sofrido, preocupado. Mas o sério focado, compenetrado. Decidido, melhor dizendo. A vizinha da direita, ao contrário da letra do Raul, sabe aonde está indo e qual é o caminho.

A moça nova volta tarde da noite à casa que fica do lado direito da minha. Sei disso porque algumas vezes a vi abrindo o portão quando também abri o meu para recepcionar os insones entregadores de comida da quase madrugada. Em nenhuma das vezes ela lançou um olhar de que talvez estivesse com fome. Mantém o semblante sério até o fim da noite, agora com leves toques de cansaço. Trocou o boa noite para estranhos pela urgência de tomar um banho, colocar chinelos e jantar a comida da Dona Conceição, que é infinitamente melhor do que a que o entregador insone me trouxe.

Dona Conceição é a dona da casa à direita da minha. Uma senhora adorável. A vizinha que todo morcegão como eu pediu a Deus. Não se incomoda com os sons intermináveis de garrafas sendo abertas, incríveis ideias geniais que pintam depois das três da manhã e são discutidas aos berros, a discografia completa dos Rolling Stones que não para de tocar ultimamente e o cheiro conhecido da fumaça que emana da expansão da consciência. Já o cheiro da comida da Dona Conceição é inebriante. Uma noite fria dessas, ela fez um chocolate quente e colocou um tanto numa garrafa térmica, algumas bolachas e veio me dar. Preocupou-se até em trazer canecas, precavendo-se para que degustássemos com propriedade. Ao contrário da moça nova, Dona Conceição gosta de falar. A moça nova intriga pelo seu mistério.

Quando vai, sei lá pra onde, a moça nova sempre sai com os cabelos molhados, perfeitamente penteados. Não tem um mísero fio fora do lugar. Gosto quando ela veste saia jeans. Está sempre perfumada, dá para perceber. Mas não é aquele perfume que arrebata e anula os outros sentidos. Nem aquele exagerado, de mulheres que gostam de chamar atenção seja da forma que for. É um perfumado na medida. Sempre usa uma sombrinha azul, meio pro roxo, seja no sol ou na chuva, claro. Ela sempre se protege debaixo da sombrinha, nem precisa ter muito sol. O que mostra, mais uma vez, que é uma pessoa precavida, não quer se expor às intempéries. Somos bem diferentes. Não uso protetor solar nem na praia. Odeio guarda-chuvas, sempre fico ensopado pelas ruas. Guarda-chuvas são como o amor: você escolhe o que mais lhe agrada, espera que ele te proteja, cuida para que esteja sempre por perto e quando você menos espera, ele te abandona, não liga, não manda mensagem.

Vai ver o segredo da felicidade está em ser reservado e precavido como a moça nova da casa da direita. Não se expor nem se deixar distrair por qualquer coisa te ajuda a conservar guarda-chuvas e amores. Não sei quais são os sonhos, nem mesmo se tem sonhos a moça nova, mas desejo que todos se realizem. Ela me parece determinada e o mundo é de quem acredita com seriedade. E que continue assim: não dê bom-dia nem boa-noite a estranhos. A moça nova deve ser da capital. Ou do sertão de Bananal.

Para saber mais sobre nossos lançamentos, acesse:

www.belasletras.com.br